只向花低头

邹世奇 著

东南大学出版社
SOUTHEAST UNIVERSITY PRESS
·南京·

图书在版编目（CIP）数据

只向花低头 / 邹世奇著 . -- 南京 : 东南大学出版社 , 2024. 9. -- (六朝松文库). -- ISBN 978-7-5766-1507-4

Ⅰ . I267.1

中国国家版本馆 CIP 数据核字第 2024LH8509 号

责任编辑：顾 娟　　责任校对：子雪莲　　特约编辑：陈清因
封面设计：鸿儒文轩·末末美书　　责任印制：周荣虎

只向花低头
ZHI XIANG HUA DITOU

著　　者：	邹世奇
出版发行：	东南大学出版社
出 版 人：	白云飞
社　　址：	南京市四牌楼 2 号　邮编：210096　电话：025-83793330
网　　址：	http://www.seupress.com
经　　销：	全国各地新华书店
印　　刷：	三河市华东印刷有限公司
开　　本：	880 mm × 1230 mm　1/32
印　　张：	6.5
字　　数：	140 千
版 印 次：	2024 年 9 月第 1 版第 1 次印刷
书　　号：	ISBN 978-7-5766-1507-4
定　　价：	58.00 元

本社图书若有印装质量问题，请直接与营销部联系，电话：025-83791830。

姿态蔓生　散文心性

邹世奇是我的博士研究生，毕业后没有从事学术文学研究，不过，也并没有离开文学。她成了一个职业作家。

看起来她对文学的爱一以贯之，这一点不因她做怎样的职业选择而改变。此前两年，她出版了一本小说集，还获了文学奖。现在，又要出一本散文集了。据我所知，邹世奇的散文写作与小说写作差不多是并行的，收在《只向花低头》这本集子里的散文都在《书屋》《雨花》《美文》《青春》《人民日报》《人民日报·海外版》《文汇报》等报刊上发表过。她还在报纸开过专栏，《只向花低头》中的全部游记，就发表在《扬子晚报》"城记"专栏。集子中多篇文章被收入各种选本，如《2017中国最佳杂文》、《那"通关密语"》（文汇笔会2018年年选）、《江苏散文精选（2021卷）》等，还被《青年博览》《小品文选刊》等转载。她的小说写出了一种哀婉而强韧的性格，散文的面向更为广阔，可称文化散文，或者，以我的体会，就叫作心性散文吧。

中国百余年新文学史,"五四"时期的作家上承先秦诸子、司马迁、唐宋大家而至归有光、张岱余绪,同时吸收西方essay(随笔)的写法,小品文、所谓美文蔚为大观。前几代作家博古通今、学贯中西,旁征博引,随意点染,刻意者甚少,或不露痕迹,信息量大,文化含量高,且无碍于心性的表达。其精神气象为肇始期的中国现代散文树立了高峰典范。

此后到二十世纪九十年代,张中行、余秋雨的一系列文化散文问世,在普通读者和专业人士中都引起强烈反响。散文个性分流殊途,各放异彩。文化散文的笔法也就姿态蔓生,难以尽收眼底。

邹世奇的这部《只向花低头》无疑就具有文化散文的品格。首先从它的内容可以看出来,其中谈诗词、谈中西名著、谈电影,不拘一格;其次写法上没有一本正经的约束和拘泥,往往从一个通俗、轻松的角度切入,信手拈来,随心而谈,有料有趣。走的是书卷文化的路数。

《红楼梦》、西方名著之类,都是被太多人谈论过的话题,以那篇《〈包法利夫人〉的力量》而言,《包法利夫人》是福楼拜的代表作和扛鼎之作,中国当代名家如苏童、毕飞宇都谈过,邹世奇还敢谈,且能自出机杼,翻出新意,实因心性相合,如出自家语。她说每一个"才华不足以改变命运的人,都可能是潜在的包法利夫人",一针见血,堪称知人论世的见识。

《红楼梦》的话题很多。且不说"旧红学"与"新红学",只看当下流行着多少种讲《红楼梦》的读物、音频与视频,一时间可说目不暇收，白先勇、蒋勋、欧丽娟、蒙曼、闫红……邹世奇仍不放弃谈《红楼梦》。没有自信的出手不凡，就会是自不量力了。她谈"红"的第一篇文章《扬钗抑黛的人是怎么想的》一出就被看好，获得了《2017 中国最佳杂文》《现代杂文的思想批判》等多种散文选本的青睐，还在王蒙主编的《2017 中国最佳杂文》中被用作开卷第一篇。文坛老宿也不吝嘉许。之后她更在谈论《红楼梦》上成为《文汇报》副刊"笔会"最受欢迎的作者之一，写出了不少"爆款"文章。其实，她倒是应该就此持续发力，至少出一本主题随笔集。

以散文谈论历史名家及文化人格，是这部散文集的又一重要内容。古代诗人、作家中，邹世奇写到了李贺、苏轼、李清照，她对他们的作品及生平如数家珍，体现了作者主修过古典文献学方向的基础优势。谈李贺，由作品而性格，由性格而命运，并以刘禹锡、柳宗元两位诗人的命运起承转合做对比，彰显文人性格对命运的指向性、决定性意义。谈婉约词人李清照，着重于词人的英气、阔大一面。谈苏轼，是写他的人格魅力，写出了这种魅力令男性嫉妒、女性欣赏的妙处，令人更加体悟东坡先生的跌宕传奇人生韵味。当代作家中，邹世奇谈到了杨绛和钱锺书，杨绛创作论是邹世奇的博士论文题目，散文中她结合杨绛的文学创作，从文化心理的角度分析杨绛的为人处世，努力还原作为一个人、一个妻子、一个朋友的杨绛，角度有趣，叙述别有力度。

说起来，邹世奇的笔下极少真正意义上的世俗生活，她是生活在文化想象中的写作者。她的写人散文哪怕是写自己的父亲或朋友，也都是从知识分子人格的角度来切入呈现的。比如写父亲怎样身教胜于言教，以自身的酷爱读书，深度影响了两个女儿的成长和成人。写朋友看重的是不入流俗、卓尔不群的知识分子风度。这其实都是作者本人的心性取向。

《只向花低头》中的游记，很少纯然写自然景观，总要将笔触伸向历史文化的深处。比如《埃及行记》，写得更多的是哈特谢普苏特女王壮阔而诡谲的一生，还有艳后克莉奥佩特拉集美貌与智慧于一身的人生，以及深深打下她的烙印的亚历山大城，叹为观止的侦探小说家阿加莎·克里斯蒂给埃及这片土地带来的影响。《意大利行记》更是通篇侧重于写维罗纳、皮恩扎、比萨、罗马、米兰、威尼斯的历史文化、物产和风土人情。历史和人文，贯穿了这本散文集中的每一篇。

作为一名女性写作者，邹世奇的写作始终在关注着女性命运和女性自身成长。批评家张莉教授在邹世奇小说集《牧马河之夏》序言中写道"'她只能自己成为理想中的人。'这是失恋女人的醒悟。在这一段落中，叙述人使用了理想这个词，关于理想中的爱人和理想中的自己。理想一词照亮了这一文本，使小说气质卓然，也使女主人公气质不凡。""她只能自己成为理想中的人"，这是邹世奇女性观的题眼。这一题眼存在于她的小说中，同样也体现在邹世奇的散文创作中。《女子的才华与幸福》探讨知识女性如何获得人生的幸福，《只向花低头》写闺密友人，她是一个有才华、内心强大、不随波逐流的女作家。无论在小说还是散文中，邹世奇始终敏感的一个问题是，女性怎样成为理想中的人。她说："除了自己，对谁都不取悦；除了自然和艺术，对什么都不低头。"这一篇的标题索性就叫"只向花低头"，这部散文集的书名也源于此。可见邹世奇一以贯之的女性观，关键词该是独立、自爱、爱艺术。

2022年底，还在疫情期间，江苏省评论家协会为邹世奇举办小说集研讨会。一位著名作家极为敏锐、也是意味深长地指出：邹世奇的全部小说里没有一句粗话。确实，邹世奇表现出了一位学院作家、女性作家的清雅。这是一种心性的外化。但我并不想因此就说邹世奇是一名淑女作家，她要更显跳脱、通透、大气。不说粗话，不影响嬉笑怒骂、明嘲暗讽。她不缺乏思想的包容多元，不轻易作道德评判，但不意味着无视周边的丑陋。她能理解《白夜行》残酷、暗黑的异质性审美，也能共情世俗意义上的失败者如包法利夫人、如懿、盖茨比，有时希望"像男作者那样写作"……用中国古典文学的说法来概括，她可看不上清心玉映的闺房之秀，她欣赏的是林下之风。

邹世奇是一名小说作者，难免以小说笔法入散文。比如《好命的老爸》，当时就是被《人民日报·海外版》当作小说发表的。游记中的某些篇什，写法上以旅途中遇到的人物为主，形象鲜活，情节生动，完全可以当小说来读。反观她的小说也常有散文化的意境皴染，富于散文的情致和风韵。这显示出作者跨文体写作的融通才华。

据邹世奇本人说，她写散文时比写小说要更放松，更畅快淋漓。不过我看到的这本《只向花低头》，内里的每一篇并不是没有结构、没有设计的。苏轼论散文："大略如行云流水，初无定质，但常行于所当行，常止于所不可不止，文理自然，姿态横生。"这话说得太好了，也许可以概括邹世奇的散文写作美感，我便取来悄悄改了用作题目。

虽是写序,也有了和作者对谈的机会。别来无恙,见字如面。遥祝笔健。

吴俊
2024 年 5 月 1 日写于沪郊奉贤

目　录

村上春树的选择　　　　　　　　　001

《包法利夫人》的力量　　　　　　006

有一种爱情叫《白夜行》　　　　　011

扬钗抑黛的人是怎么想的　　　　　017

贾宝玉，真暖男？　　　　　　　　022

黛玉的影子　　　　　　　　　　　028

软弱的王熙凤　　　　　　　　　　033

《红楼梦》里最盛大的一场下午茶　041

不要温驯地走入那个元宵良夜　　　046

葬花与扑蝶　　　　　　　　　　　053

心　祭　　　　　　　　　　　　　059

性本爱诗词	065
女子的才华与幸福	070
关于《你好，之华》	073
周公子的《如懿传》	077
虽然妈妈不是李焕英	082
苏轼的女人缘	085
陌生的李清照	090
凝视深渊的人	096
杨绛和钱锺书：一切都刚刚好	105
杨绛的温度	112
埃及行记	120
意大利行记	133
新加坡和越南掠影	153
南京印象	158
好命的老爸	174
只向花低头	177
谢不请之恩	182
像男作者一样地写作	187
她们的力量	190

村上春树的选择

村上春树说:"如果让我举出迄今为止遇到的最重要的三本书……倘若只让我从中挑选一本,那我会毫不犹豫地选择《了不起的盖茨比》。如果没有与这部作品相遇,我甚至觉得自己写出来的小说会跟现在的作品完全不同,或者也许什么都不写。"

让村上春树如此看重的小说到底讲了什么呢?一个关于梦想、关于我执的故事,我以为。

一战期间,出身寒微的美国军官盖茨比遇到了美丽的上流社会小姐黛西,在两人情浓似火之际,他的部队开拔到国外。战后回国的盖茨比脱下勋章累累的军装,回到了一文不名的出身原点,而黛西已嫁与贵族汤姆·布坎南。为夺回黛西,盖茨比用种种不足为外人道的手段赚钱,很快积累了海量财富,这中间又去牛津大学镀了金。他隔着一片海湾在黛西家对面买了一座豪宅,夜夜举办派对,只盼有一天黛西能"下凡"到他的"寒舍"。终于,他认识了黛西的表哥、这个故事的见证者尼克,在后者的引荐下，黛西真的降临了！她震惊于盖茨比赚得的巨额财富，表示仍然爱他，却在盖茨比和她不忠的贵族丈夫汤姆间犹豫不决。在一个燠热得令人狂躁的夏日黄昏，黛西开车无意中撞死了汤姆的情妇，盖茨比甘愿为黛西顶罪，汤姆便把通奸、撞死人的事一股脑儿嫁祸给盖茨比，汤姆情妇的丈夫在盛怒中开枪打死了盖茨比。故事结束了。

读这个故事，唏嘘之余能够理解盖茨比的，多半是理想主义者，或者曾经是理想主义者。聪明、英俊的盖茨比，在四年内赚得一个财富王国，如果他懂得及时放弃对黛西的执念，另娶淑媛，从此花常好月常圆，那该多好。但，那样的盖茨比也就没什么了不起了。

"出其东门，有女如云。虽则如云，匪我思存。"我猜盖茨比甚至从未想过娶别的女子。在他一无所有、没见过世面的年轻时代，他遇见了贵族小姐黛西。在他眼里，与她有关的一切是那样美丽、精致、高贵，代表了他梦寐以求的一切。最令人难忘的爱，是还没有爱够就戛然而止的那种。他被迫离开了黛西，从此山长水远，在冰冷的战壕中，在枪林弹雨中，在无数次与死神擦肩而过时，黛西成了他心头的一颗朱砂痣、一抹刺青、一个伤口，成了他活下去的信念与信仰。黛西，他的女孩，在这个过程中升格为他的女神、他的理想、他的人生价值所系。

在他二三十年的人生中，最令人沉醉的、发着光的日子，是有黛西在身边的日子。因此他退伍后那些不为人知的努力，为的只有一个目标：取得一个可以并肩站在她身旁的资格和身份，将黛西赢回来，让美好的昨日重现。他不愿面对的是：世界在变化，人也是，昨日是无法重现的。

"每个人心中都有一团火，路过的人只看到烟。"人们看到盖茨比那座宫殿一般的房子夜夜笙歌、衣香鬓影、亮如白昼，接待天南海北、素不相识的客人，"将星光洒给过往的飞蛾"，没有人知道，所有的灯光只为一人亮起。在繁华的最深处，寂寞的他只等待那一个人。然而那人却始终没有来。他看似拥有了全世界，却偏偏缺了他内心深处唯一最想要的。"冠盖满京华，斯人独憔悴。"

夜阑人散后，"他用一种奇怪的方式朝着幽暗的海水伸出双臂，尽管离我很远，但我敢肯定他在发抖。我不由得朝海面望去——那里除了一盏绿灯，什么也没有。它渺小而遥远，或许是在码头的尽头"。如果你也曾深深地渴望过点什么，你便会懂得此时的盖茨比。那盏黛西家门前的绿灯，在盖茨比眼中是世界上独一无二的。他是那样向往灯后的那个人，却连梦里都难以触及那人的一片裙角，以致他是如此羡慕、嫉妒那盏灯，恨不能成为那盏灯，只因为它可以离那人如此之近。在他或许暗昧、或许黑海沉沉的人生中，那盏灯是他唯一的皈依、唯一的救赎。

念念不忘，必有回响。黛西居然真的回到他生活中了。盖茨比从一开始的近乡情怯，到狂喜，再到恢复平静，他渐渐看清了她，看清了她的眼里、心里"全都是钱"；看清了她爱他的巨富与深情，却留恋汤姆的贵族身份。她恨汤姆的拈花惹草，却也同样害怕盖茨比暴富背后的黑暗。美貌之下，这不过是一个浅薄自私的女人。可是那又怎样？她仍然是盖茨比的全部梦想，是他灵魂的巨大缺口，是他一切病症的病灶和药引。

萧伯纳说："人生有两大悲剧，一是没有得到你心爱的东西，另一是得到了你心爱的东西。"第二重悲剧在前方对盖茨比招手，然而盖茨比却没有这样的"幸运"去经历，他仍沉浸在第一重里，对黛西存着不能自拔的强烈向往，并最终为此付出了生命的代价。车祸后他彻夜守在黛西楼下，担心黛西会害怕，担心她丈夫会为难她，而黛西却在与丈夫密谋怎样嫁祸于他、顺利脱罪。在死于汤姆情妇的丈夫复仇的枪下之前，他还在等黛西的电话。他永远也没有机会明白，那颗子弹为什么会射向他。在他那只有三个人参加的葬礼举行的时候，黛西已与丈夫悄然远去，连一束花都没有送来。

盖茨比像一个孤独而执拗的孩子，手中始终紧紧攥着一个梦想，这个梦想却终于破碎、爆炸，将盖茨比吞噬。这是一个理想主义者在现实中终告失败的故事。佛法认为，我执是一切痛苦的根源。然而，如果盖茨比不是那样坚守着初心，他的人生就会更快乐、更有意义吗？"天下熙熙，皆为利来。"这世界有太多精明的趋利避害者，比如黛西和汤姆，比如那些夜夜光顾盖茨比的盛宴，却在他死后作鸟兽散、从未想过去葬礼上送他一程的人。这些嗜血蚊蝇一样的人，你能说他们就比盖茨比更快乐吗？他们的人生就比盖茨比的更充盈吗？

盖茨比自始至终将他的爱情理想置于至高无上的位置，他是无可置疑的财富英雄，然而他攫取财富只是为了他的爱情理想。人固有一死，盖茨比死于对梦想的执着坚守。他以这执着成就了人格的完整，他的人生超越了他那个享乐主义的时代。盖茨比梦寐以求的对象虽然轻如鸿毛，但他的梦想本身却坚贞纯洁，在这个平庸的世界巍然屹立、熠熠生辉,照见众生的凡俗与渺小,折射着永恒的人类精神价值。

《了不起的盖茨比》是一曲梦想的挽歌,其悲壮雄浑令世界沉默。在这声音面前,村上春树也只是一名普通听众。

《包法利夫人》的力量

不知学过文学史的人是否都有这个问题：越是对名著，越容易"三过家门而不入"——太熟悉了嘛，还需要读吗？对于《包法利夫人》，我就属于这种情况。在春节的浮躁与喧嚣中我捧起这本书，一开始是不太沉得进去的：现实主义巨匠的手笔，一心要把整个十九世纪法国从卢昂到乡村到小镇的风貌，把主要人物的形貌、命运密码一起统摄进这前半部，情节蜗牛式推进，大段景物、细节描写，沉闷得令人几欲弃读。这时我的文学史总算起了点作用，令我坚持过前三分之一，果然，后面的故事急管繁弦，一步紧似一步，一口气读完，掩卷犹自震荡不已。所以，如果你要读这部小说，千万不要在开头就放弃。

包法利夫人的闺名叫爱玛。爱玛在修道院接受了不错的教育，懂音乐，爱读小说。她"天生丽质难自弃"，敏感、纤细，向往浪漫爱情、精致生活，却偏偏是一名农家女，注定不可能像她那些非富即贵的同学那样嫁得好。她嫁给了一名小镇医生，婚后也曾把爱情理想寄托在他身上，却很快发现他平庸、不解风情——他连她看的戏都看不懂。他深爱她，爱她出众的姿容，爱她灵魂里的精致、浪漫和诗意，越是自己匮乏的越爱，越是自己不懂的越爱；但因了他的匮乏和不懂，他的爱对于她毫无价值，好比她渴得要死了，他给她的却是一整个海洋。于是我们看到她郁闷、哀伤、烦躁，各种"作"，却又痛苦得那样真实，"作"得那样有理有据。

为什么会有人相信"女子无才便是德"呢？这可能是原因之一——没有读过什么书的女子，是不会有爱玛这种烦恼的。一个在书里见识过美好和浪漫的人，你让她接受现实的贫瘠和无趣，分外艰难。当然不是文学辜负了她，而是她读书没有读透，吸收了太多肤浅的东西。爱玛这女子是如此熟悉——谁的熟人里没有一个半个"心比天高，命比纸薄"的女文青呢？她也许就是我们的小学同学、邻居、朋友，甚至就是我们自己。福楼拜说："此时此刻，我可怜的包法利夫人想必同时在法国的二十个村庄里受苦、哭泣。"才华不足以改变命运的人，都可能是潜在的包法利夫人。

心底的欲望一直被压抑，是一定要有一个出口的，爱玛找到的这个出口，是恋爱，与她心目中的"上流人士"恋爱。她先是与大学生公证员莱昂有了一段柏拉图式爱情，这说明她原本是想做个"好女人"，发乎情止乎礼的。随着莱昂的离开，那段情春梦了无痕，她重新堕入危险的空窗期，这时猎艳老手、乡绅罗道尔弗出现了。在他粗鄙而猛烈的攻势下，她迅速沦陷，做了他热烈的情妇。现实多么荒谬：一个想要浪漫爱情，一个只想要猎艳，明明鸡同鸭讲，居然也能蜜里调油。直到爱玛一再逼对方与她私奔到意大利，他才仓皇逃走。爱玛受到了沉重的打击，大病一场，康复后变成了一个虔诚的教徒，狂热于施舍行善。其实她的主也好，情人也好，都只是精神空洞的填充物，是溺水者的那根稻草。

这时命运对爱玛弱弱地敲了一下警钟，但她完全没有听到：出轨期间，她为赠送对方名贵礼物、准备私奔而欠下一笔债，她丈夫借新债还了旧债。之后，她与在卢昂做书记员的莱昂重逢了，这一次，隔在两人间的羞耻障壁已然薄了很多，如同天雷勾动地火，她几乎立刻就与莱昂偷情了，并在卢昂租了旅馆、筑了爱巢。她在丈夫面前撒谎，每周去卢昂和情人幽会一次，开启了她生命中最激情燃烧的岁月，也开始了在悬崖上的一路狂奔。她负担着偷情的绝大部分费用，流水一般地签借据，一步步逼近自己最终的命运。

福楼拜说："我就是包法利夫人。"如果福楼拜是她，那谁又不是她呢？谁心里还没有一点欲望、一点非分之想呢？谁不曾眼馋过不属于自己的东西呢？佛说：不可强求。可金庸小说里的女子说："我偏要勉强！"普通人如你我，绝大多数时候，我们止步于有贼心无贼胆，但这样的我们，难道不会对她那哪怕是缘木求鱼的寻梦之旅怦然心动、心有戚戚？

茨威格说："她那时候还太年轻，不知道所有命运赠予的礼物，早已在暗中标好了价格。"对玛丽·安托瓦内特皇后尚且如此，对爱玛自然不会例外。命运之神总能准确地扣到每个人的命门，为爱疯狂的女人，心里连自己亲生女儿的位置都没有，那就从外部、从经济上摧毁她。"从第三卷第四章起,命运——在福楼拜的驱使下——开始以精确的步骤毁灭爱玛。"(纳博科夫语)催债单雪片一样地飞来,紧接着,法院文书到了,她必须在二十四小时之内还钱,否则她的家就会被查封、拍卖。她被逼无奈依次去向她的两位情夫求援,得到的不过是逃避或拒绝。悲愤、走投无路的她吞了砒霜。

此后,福楼拜充分展现了一个自然主义作家外科医生般的理性和精确,他详细描述了服毒后的爱玛所承受的令人恐怖的痛苦,无限接近人所能想象到的肉体痛苦的极致——仿佛前面娓娓道来、不厌其烦的铺叙,都是为了最后这力道千钧的致命一击。白居易写杨贵妃的死,是"花钿委地无人收,翠翘金雀玉搔头";曹雪芹也不会写吞金后的尤二姐如何辗转呼号、扭曲痉挛;施耐庵会写潘金莲如何被开膛破肚,但那是对作者所唾弃的"淫妇";只有福楼拜,一边无限同情、无限悲悯,一边冷静到冷酷地叙述爱玛所付的可怕的代价。在承受了最惨烈的痛苦后爱玛终于死去,但悲剧还不算完,她已经破产的丈夫终于看到了情夫给她的信和照片,这才对她出轨的事实如梦方醒,并在她生前常与罗道尔弗调情的花棚里心碎而死——法医查不出任何病理原因。她安琪儿一般的女儿,在飘零流离、寄人篱下之后,被送到纺织厂当了童工。爱玛真是为她的任性付出了最最彻底的代价。

在这个"白茫茫大地真干净"的结局逐渐呈现的过程中,福楼拜不忘让空中飘下唯一一片绿叶:当被问及如何处理妻子的后事时,悲痛欲绝的医生丈夫提笔写道:"我要看她身着婚纱、穿白缎鞋、头戴花冠入葬,让她的长发披在肩上。三副棺椁,分别用橡木、桃花心木和铅。什么也不用对我讲,我会挺得住的。要用一幅整块的绿丝绒盖在她身上。"爱情让人变成诗人。整部小说里的人物或庸俗或卑琐或浑身浸满毒汁,几乎人人都在欲望的泥淖中打滚,唯有这位丈夫,借由对妻子深沉的爱获得了灵魂的救赎。

把一个出轨故事写出史诗般的恢宏壮丽,把一出悲剧写出令人战栗的命运感,让一个人物戳中人性普遍的痛点,这便是《包法利夫人》的力量。

有一种爱情叫《白夜行》

各种书单乱飞的时代,阅读一本流行小说成了件困难的事。于我而言,非有内心敬重的师友推荐不读。而正是在这种契机之下,读了东野圭吾的悬疑小说《白夜行》,一读之下居然被震动了。

小说从一桩凶杀案说起。当铺老板桐原洋介被刺死,他的妻子弥生子与伙计松浦、女顾客西本与其情人寺崎被警方列为重点怀疑对象。随着弥生子与松浦拿出不在场证据,寺崎自己驾车车祸身亡,西本自杀,破案陷入死局。这以后西本的女儿雪穗被收养、转学、读名牌大学,被害者的儿子桐原亮司堕落、辍学、变得无恶不作。故事围绕两个孩子截然不同的人生经历分别展开,两条线从无交集。只是雪穗身边对她不利的人总会遭遇意外,于是雪穗平步青云;而亮司从事的那些不法勾当比如盗版,从源头上看有些似乎与雪穗有隐约的关联。

直到小说的后四分之一,随着一直追查当年凶杀案的老刑警笹垣的出现,才将这两条线连接起来,最后一点点抽丝剥茧般地,作者带我们回到最初的那个原点。真相往往不堪,往事如沉渣般泛起。雪穗与亮司,本来青梅竹马,是彼此阴暗童年中唯一的亮色。亮司那恋童癖的父亲向雪穗的母亲"买女孩",当他猥亵雪穗的一幕被亮司看见,为保护心爱的女孩,亮司毫不犹豫地刺死了父亲。

在那之后,雪穗和亮司为逃避刑侦,明面上再也没有过任何来往。在那个没有手机的年代,读者无从知道他们是怎样保持联系的,但却知道,这一生,亮司都是雪穗最最忠诚的保护神。从十一岁为她弑父开始,到帮她收服宣扬她低微出身的校园对手、阻止与她"争夺"钻石王老五的闺密、杀死受她结婚对象家人的委托调查她背景的侦探、掐断重病在身却迟迟不肯断气的她养母的医疗管子、强暴抵触她的继女……这些年来,雪穗如同阿修罗,与她为敌的人都迅速被"天降"厄运所打倒。这一切背后的真相则是,在雪穗的人生路上,亮司为她人挡杀人、佛挡杀佛,助她一步步登上巅峰。桐原亮司,这个人拉皮条、盗刷银行卡、盗版、杀人,一个怙恶不悛的坏人,内心深处却有着最柔软的角落、最深沉的爱、最明亮的光,那就是雪穗。

亮司对雪穗是怎样一种爱呢?他俩默契的分工很有意思,好像亮司对雪穗说:你负责高贵、优雅地活着,像公主、像女王、像女神一样地活着,我负责为你开路,所有卑鄙的、肮脏的、血腥的事情交给我去做,下地狱我去,我只要你上天堂。如同他们各自的名字:雪穗,那样明亮、洁白、不染纤尘,至少从外表看是这样,无论如何,她自己的双手确实不曾沾染一点点鲜血；而亮司，这个名字看上去就是阴司地狱中尚存一丝光亮，那一线穿透夜空的光亮，是他对雪穗的爱，近乎神性的爱。"雪穗"二字，是他漆黑如磐的人生中唯一的信念、信仰。上天入地，时空变幻，恐怕到了末日审判的一刻，他心中念念不绝的仍然只是她的名字。

亮司对雪穗的爱，这爱里只有成全，甚至从未要将她据为己有。她想与豪门继承人筱冢恋爱，他便为她赶走捷足先登的江利子；她想与家世不错的高宫结婚，他就帮她设计让高宫与其所爱千都留失之交臂；她想与高宫离婚，他便安排高宫与千都留重逢；她遭遇富豪新丈夫前妻的女儿的敌意，他便强暴这个女孩、让雪穗趁机收服她……当他为她做这些的时候，心里是否有过嫉妒？不得而知。可以知道的是，他似乎默认雪穗的婚姻注定与自己无关。雪穗想要与谁结婚，亮司便全力帮她实现心愿，就像帮她实现其他任何心愿。假如亮司一直活着，可以想象雪穗的丈夫换了又换，越换越高贵，客观上亮司距离她只会越来越远。他们一直知道，他们是两条相异的直线，没有交点。他们彼此是对方最近又最远的人。亮司这个冷酷的恶魔，内心却怀着那样无私、绝对的爱。人性与魔性、恶鬼性与天使性便是如此令人动容地统一于一人身上。

亮司对雪穗的爱，爱到只要能陪在她身边，便完全不在乎自己扮演的角色。雪穗做了豪门阔太，回到他俩的故乡大阪开精品店分店，连老刑警笹垣都知道，这样重要的日子，亮司一定会在她身边。但他会以怎样的身份出现呢？答案最后揭晓了，他是她临时雇来、严妆盛服庆祝开业的圣诞老人。在警察的追捕下，亮司知道自己暴露了，他手上光人命就有四条，他选择自杀，用当初杀死父亲的那把剪刀。他以自己的死，最后一次保护了雪穗。他把罪恶都带走，雪穗便能平安、圣洁地活着，一如过去。爱到愿意为她做任何事包括去死，这便是亮司对雪穗的爱。

对亮司来说，他生命中最好的时光一定是十一岁之前和雪穗在图书馆看书时，那时候他们还没有遭遇人间丑恶（或许雪穗遭遇了只是他还不知道），他还没有杀死父亲，我爱聊天你爱笑，一切都很美好，一切都还来得及。然而对雪穗的爱，终究没有将亮司从阴司地狱中救赎出来，反而他将她托举得越高，他自己便沉得越深。他在雪穗新店开业典礼上扮圣诞老人，快乐得像个孩子。他把自己巧手剪出来的剪纸随手送给进店的孩子，这让我们知道，这个人内心深处，仍然有爱纯真、爱美好的向善一面，但是在他人生的绝大多数时候，他就是个不折不扣的坏人。只有对雪穗的爱，让这个恶人身上显现出人性的光彩，令人长久地感动与震撼。

雪穗对亮司是怎样一种爱呢？雪穗说："我的天空里没有太阳，总是黑夜，但并不暗，因为有东西代替了太阳。虽然没有太阳那么明亮，但对我来说已经足够。凭借着这份光，我便能把黑夜当成白天。"这便是《白夜行》书名的缘起。从小亮司为解救她而弑父开始，他们的命运便紧紧地连在一起，他们从此只能在黑夜里行走了。此后她和亮司看似走上了完全不同的人生路，然而一个幼年就被贫穷的母亲出卖、遭多人强暴的女孩，一个让青梅竹马的恋人为自己背上命案的女孩，一个放任、促成亲生母亲自杀的女孩，她的很大一部分就此留在了黑暗里。日后无数人会爱上她努力展现出的高贵、美好的样子，而她留在黑暗中的那部分，只有亮司能懂、能接受。

就像筱冢所洞察的那样，无论雪穗看起来多么像个大家闺秀，她身上也总有一种警惕，对这世界无处不在的危险的警惕。她始终没有完全走出童年的噩梦，世界于她如此残酷、险恶，连亲生母亲都会放弃她、出卖她，她是那么缺乏安全感，所以她拼命上进、拼命敛财，为此不惜作恶，而她要的安全感只有亮司能给，永远保护她、不会放弃她的只有亮司。如果说雪穗于亮司如同月亮，她是他暗夜人生中唯一的光明和慰藉，那么亮司于雪穗就是暗夜中的太阳，身处无边的寒冷、孤寂，只有依靠太阳的光和热才能抵御。在敛财这件事上，老刑警笹垣说他俩是枪虾和虾虎鱼的关系，他们合作无间、亲密配合。当然，她为亮司窃取信息，与亮司为她做的那些不可同日而语，但他和她，他们究竟谁的手做的恶又有什么区别，他们本是一体，他手上沾的每一滴血，都毫不例外地同样沾到了她的身上。从这个角度讲，他们是茫茫暗夜中一对并蒂而生的恶之花。这世界曾以恶意待他们，他们便回报以更大的恶意，哪怕是对那些善良无辜的人。

雪穗爱亮司，她懂得他到了这样一种程度：亮司在警察追捕下自杀，就死在雪穗的面前。雪穗立刻就明白了亮司保护自己的苦衷，所以当笹垣盯着她的眼睛问："他是谁？"雪穗面无表情地回答："我不知道。雇用临时工都由店长全权负责。"然后就走上了楼梯。她一次都没有回头。既然亮司以死保护自己，就一定不能让他的愿望落空，一定不能暴露自己。她活着，便是带着他的爱和愿望而活。她活着，便是他活着。这便是雪穗和亮司的爱。

  小说在此结束。如果故事继续下去，不出所料的话，雪穗会以她超人的克制和冷酷处理好富豪丈夫的怀疑，做稳她的豪门太太。只是，以后的人生中当她再次面对困境时，不复有令对手遭遇厄运的魔力。那个永远保护她的人去了，她也从阿修罗变回普通人。如果说过去的她像仙女一样在天空中飞翔，可以轻易到达任何她想去的地方，而当那个人没有了，便是她的翅膀被剪断了，她只好像普通人一样行走在大地上。其实她失去的又岂止是翅膀而已？也许她会一直美丽、高贵下去，但当她独自面对自己的时候，她知道这世界于她没有太阳了。是的，亮司的死，将她属于黑夜的那部分永远地封存了，她的某一部分将永远活在黑暗、寒冷的长夜中了。

扬钗抑黛的人是怎么想的

据说,有一群民国文人聚在一起谈《红楼梦》,假设可以求做妻子,各人从十二钗正册中挑选一位,结果有两位女子落选,一位是王熙凤,一位是林黛玉。大家一致觉得:对于前者是"惹不起",对于后者是"配不起"。注意,令他们觉得配不起的只有黛玉,没有宝钗。

宝钗的美,是鲜艳妩媚。黛玉的美,是风流婀娜。单从字面意思看,品位高下已分。鲜艳妩媚是皮相,风流婀娜是气韵。人世间万艳千红,鲜艳妩媚者何其多也,文采风流、飘逸婀娜则已近于仙。

其实宝钗也是品位奇高的女子,她有着可与黛玉相颉颃的文学才华,通哲学、懂绘画,学识甚至更胜黛玉一筹。她有着很高的审美境界,崇尚的是少即是多、大象无形、淡极始知花更艳,绝非庸俗脂粉可比。黛玉能与她"金兰契互剖金兰语"是有精神基础的,她俩在许多方面足以惺惺相惜。当然了,曹公的安排,差一点的女子怎么配做黛玉的对手。

这两人的分野在于价值取向:一个是深味人生的大悲哀、任情率性的诗人。黛玉写了那么多悲叹年岁不永、芳华刹那的诗:"侬今葬花人笑痴,他年葬侬知是谁?……一朝春尽红颜老,花落人亡两不知。""一声杜宇春归尽,寂寞帘栊空月痕。""助秋风雨来何速,惊破秋窗秋梦绿。"……她的灵魂里有与生俱来的草木香气,最能从自然节序中感知命运的无常、生命的脆弱。鲁迅说:"悲凉之雾,遍被华林,然呼吸而领会之者,唯宝玉而已。"明明还有宝玉的知己黛玉啊。而只有悟性、天分最高的人才能领会吧。另一个是随分从时、正能量满满的入世者。"珍重芳姿昼掩门""不语婷婷日又昏""好风频借力,送我上青云",若不是命运的安排莫测,令宝钗生于末世,而是假如生在当代,宝钗会是一个可怕的职场对手,因为她目标、动力、技术都到位,智商、情商、颜值全在线,七百二十度无死角。从这个角度讲,黛玉的优秀在于性灵层面,宝钗的优秀在于现实层面,这样的两个人在现实中相遇,世俗的胜负已没有悬念。

其实宝钗的强项,黛玉未必学不来。处世圆滑的人用的手法,拆开了看都并不高深,比如宝钗在自己的生日宴上专点甜烂之食、贾母素日爱看的戏文,比如分送薛蟠带来的土仪时面面俱到,不落下任何人,包括赵姨娘这样的角色。这些普通人都不难想到,只要能放下身段,长期坚持去做,便能成就大方、懂事的好人设。黛玉是如此聪慧的人:凤姐"赚"了尤二姐进大观园,在人前极力表演贤淑,唯有"宝黛一干人暗为二姐担心"。对于荣府的经济状况,黛玉这样对宝玉说:"我虽不管事,心里每常闲了，替你们一算计，出的多进的少，如今若不省俭，必致后手不接。"这样的七窍玲珑心，你能说宝钗那些心机她看不到、想不到？非不能也，不为也。大观园里有两个最伶牙俐齿、诙谐有趣的人，一个是凤姐，另一个就是黛玉。潇湘子雅谑补余香，是连宝钗都要称赞的。黛玉有忧郁善感的一面，也有轻俏明媚的一面。幽默是智慧的闪光，颦儿那些雅谑，正是在不经意间闪烁的小而晶莹的性灵之光，她才是水晶心肝玻璃人。只要她愿意，她随意挥洒，便是红楼诸芳中最夺目的那一个。这样的她怎会不通世故、不懂迎合，她只是禀性高洁、不屑迎合。

黛玉的好处，宝钗确乎学不来。看黛玉与宝玉的二人世界，讲故事、说笑话、吃醋、吵架、赌气、赔不是、和好……何等的波澜起伏、情趣盎然。再看宝钗呢，快人快语的晴雯说宝姑娘"有事没事跑了来坐着，叫我们三更半夜的不得睡觉"，可见她去怡红院的次数多、单次时间长。宝钗与宝玉单独相处时什么样，除了在午睡的宝玉床前绣鸳鸯那次之外，曹公并没有正面着墨，让读者有想象的空间。第二十二回，宝玉自以为了悟，填了一支偈子，宝钗见了，便大大科普了一番六祖慧能的典故，令宝玉赞她博学。这便是宝钗：端庄，娴雅，完美得无可挑剔。而同样面对偈子事件，黛玉笑问："宝玉，我问你：至贵者宝，至坚者玉，尔有何贵，尔有何坚？"机锋而俏皮。多么纯粹的女孩子、多么灵气四溢的恋人！两相对比，高下立判。对宝玉来说，即使抛开人生观之类大题目，仅就性情之美而言，只要黛玉曾出现过，宝钗去怡红院串门再多也没有用。

这世间最珍贵、天然的东西，第一眼看上去往往是不甚完美的。黛玉这样的女子，不懂她的只看见她小性儿、行动爱恼人，殊不知那只是爱情中少女的敏感、紧张，是清净女儿未受污染的率真天性。在处世上，可能也因此在婚姻上，黛玉固然是输给了宝钗；但是在爱情世界里，黛玉却赢得永恒彻底。输是因为意不在此，赢是因为她与宝玉的灵魂是一样的，他们是"soul mates"。其实所谓输赢也只是俗人心中的藩篱，与黛玉何干？

曹公赋予黛玉诗性的灵魂，她整个人就是一首诗。她是绛珠仙子下凡，"前身定是瑶台种"。她的出身，父亲是世代簪缨、探花及第的清贵要员，母亲是金尊玉贵的荣府千金、史太君的最小偏怜女；她的品质，是"质本洁来还洁去，不教污淖陷渠沟"；她的生命，是感自然造物、任性天然、诗意地栖居；她给予宝玉的，是至真至纯的少女之爱，表现方式是凄美至极的"还泪"，为此不惜以生命相殉、令芳魂缥缈。曹公让黛玉写出了《红楼梦》里最多也最好的诗，甚至借她的笔发抒自己的情怀：孤标傲世偕谁隐，一样花开为底迟？可见曹公最重黛玉，有时甚至让她作自己的代言人。金固然大气浑然、雍容包举，却失之匠气、落了凡俗；玉虽是"世间好物不坚牢，彩云易散琉璃脆"，可那一段生命光晕、灵性天然，世间无匹。德容才貌俱佳的女子如宝钗，每个时代都会有；而黛玉只有一个，佳人难再得。就品格而言，如果说宝钗是人间上品，黛玉无疑就是仙品。

需求层次理论告诉我们：人只有满足了较低层次需要才会追求更高层次的东西，满足了物质需求才会追求精神的东西。庸常世界，许多人终其一生也只停留在现实层面的追求上，于是有用的才是有价值的。比如"副宝钗"袭人，她能满足宝玉的肉身需求，照料他的生活，给他情感温暖，这当然是有用的。宝钗，她是淑女典范、贤妻标杆，对外能让男人倍儿有面子，对内可以勉励上进、做贤内助，这是比袭人要高级的有用。而黛玉，人只看见她体质孱弱、多愁善感、口齿锋芒的世俗"缺点"，至于她的灵魂之美，一些人根本看不见；另一些人看见了，可是对他们来说，那太奢侈、太形而上了，远不如前两者作为当下必需品重要。《红楼梦》的读者向来分"扬林抑薛"派和"扬薛抑林"派，我猜对于后者，"实用"也许是他们不愿承认的逻辑起点。鲁迅说"焦大是不会爱林妹妹的"，不要说焦大，就算是贾雨村那样的读书人，务实的男子如他，假如让他在宝钗式女子与黛玉式女子中投票，在发迹之初，他多半也会投给前者，非要等经历过软红十丈、万千繁华过眼，方能有余裕的心态、澄明的心性，欣赏后者那惊心动魄的生命之美。

艺术和美都是不实用的，可是这个世界上如果没有了艺术和美，只剩下"实用"，该是多么的荒芜、可怕。所以，文章开头提到的那帮文人，还是有些见识和眼光的，毕竟他们懂得：有一些人，是来装点和升华这枯燥的世界的；有一些美，是用来憧憬、怀想的。

贾宝玉，真暖男？

读《红楼梦》，有不喜欢宝钗的，有受不了黛玉的，有憎恶凤姐儿的，但很少有讨厌宝玉的。暖男嘛，人畜无害，温情脉脉，谁会讨厌呢？可是真真切切的，少年时代，我对宝玉的所谓"深情"是很不以为然的，不，问题完全不在于他的"博爱"，而是看上去他对这个世界、对女孩子似乎很用心、很有情，可是那对女孩子们有什么意义呢？

宝玉对晴雯的好，是纵容并欣赏她任性地撕扇，把她惯得像一头小兽般肆无忌惮，而真到了小兽被拔掉爪牙、赶出伊甸园时，他一句求情的话也没有帮她说。后来他去看她，也完全没有在能力范围内做一点改善她腌臜处境的事。她死了，他对她的好便体现为写一篇情文并茂的祭文，留待和黛玉一起品评。他对金钏也是如此，甚至金钏的"犯错"还和他直接相关呢，他还不是第一时间脚底抹油、躲得远远的，任她被赶出去，然后羞愤投井，这中间他既没有在王夫人面前承担起他自己在这件事中的责任、分担金钏的罪过,也没有派人哪怕递一句宽慰的话给金钏,说得残酷一点,这简直像崔健歌词里的鸡贼老男人:"我只想看到你长得美,但不想知道你在受罪。"我在想,即便是把这些女孩当"宠物"来"爱",宠物要死了,人也还是会先想办法施救,而不是眼睁睁看着它们咽气后再来写什么"爱猫咪咪"之类的酸文、表演痴情。即使是对黛玉,宝玉也只会一天五遍地来潇湘馆看她,问她:"好妹妹,如今的夜越发长了,你一夜咳嗽几遍?醒几次?"就连薛宝钗还给黛玉送燕窝呢,相比之下宝玉的做法,和当下只知道劝女朋友"多喝热水"的男生又有什么区别?

一个男人,无事对你甜言蜜语、小恩小惠(比如给晴雯留她爱吃的豆腐皮包子),真正有事需要他时就不见踪影,至于一些突出案例比如晴雯、金钏、芳官等,如果不是宝玉平素做中央空调状、温情广布,给了这些女孩子们虚幻的希望,也许她们的结局还不至于那么惨呢。在这些姑娘们固然是没有认清形势,但在宝玉是不是也有误导之责?(袭人倒是把形势看得很清,然而不影响宝玉该踹她时一点没脚软)对于一个清醒的女孩来说,宝玉这样的"深情",给你你要吗?你敢要吗?所谓"一见杨过误终身",被杨过误,误的不过是爱情;而被宝玉误,经常是要送命的。一度觉得,即使不需要上升到将宝玉定义为"渣男"的程度,但至少,他是绝对担不起各路读者对他那些关于"深情"的赞誉的。

似乎是过了三十岁,我慢慢地沉静下来:从自己那点人生体验出发来定义小说中的人物是没有意义的,合适的做法是把人物放回他自己的时代和环境,在此基础上理解他的行为。以下是我的理解。

宝玉是一个贵族。真正的贵族是什么？很多时候就是不知"匮乏"为何物，极端的就是晋惠帝的"何不食肉糜"，就是路易十六皇后的"没有面包，就让他们吃蛋糕"。假如宝玉能想到被驱逐出大观园的晴雯需要好茶叶、需要人精心照料，你猜他会吝啬吗？如同不知"匮乏"是什么一样，他更加不知"吝啬"两个字怎么写。问题是，他决计想不到晴雯居然会需要这些。在他心目中，情感的需要才是第一位的，"心"才是最珍贵的。虽然偶尔，他也会怜惜贫穷的刘姥姥，他会对妙玉说："不如（把成窑盅子）给了那个贫婆子吧，他卖了也可以度日。"但那是一种知识性、概念化的同情，绝大多数时候，对于普通人的痛苦和危机，他其实是相当隔膜的，是难以想象的，因此也是难以真正同情的。

他是一个孩子。这里的"孩子"，更多的是就心理年龄而言。我们看看他同身边女性的相处方式吧。他见母亲王夫人，是"扭股糖"一般猴在她身上；见贾母，也是一样；袭人对他，是大夏天还要给他穿肚兜，那无微不至的照顾，那循循善诱的劝诫，怎么看怎么像小母亲对儿子。他对王夫人和贾母表达孝心的方式是，园子里的桂花开了，他折了两瓶分别送给她们，她俩就高兴得不得了，频频在人前炫耀。这多像是，母亲节了，孩子用母亲给的零花钱买了一束花送给她，她就惊喜且满足。她们对宝玉的定位以及宝玉对自己的定位都是：他还是个宝宝，而宝宝是不用对别人负责的。黛玉说："我虽不管事，心里每常闲了，替你们一算计，出的多进的少，如今若不省俭，必致后手不接。"

结果宝玉回答:"凭他怎么后手不接,也短不了咱们两个人的。"连黛玉都觉得他不可理喻,转身找宝钗说话去了。在宝玉心目中,家里的财务跟他无关,那是大人们的事,他的使命是做个"富贵闲人",大人们会保证这一点的。而承担起真正意义上的责任,为他人的生命负责,这个远不在他的思想范围内。从这个角度讲,你说这个阶段的贾宝玉是个巨婴也是没有错的。

他是个老庄哲学家。老子主张"道法自然""无为",庄子在《逍遥游》里大讲"无用"。而贾宝玉,他对贾环、贾兰等弟弟、侄儿,都不会有一般叔叔、兄长那样的权威感,甚至于佣人面前也没有架子,不需要人家来奉承他、对他毕恭毕敬。在他看来,他对这些人没有权利,那么事情的另一面就是,他对他们也没有义务。"善恶生死,父子不能有所勖助",宝玉认为人世的生老病死如同日升月落、花开花谢,各人有各人的缘法,别人没有干涉的权利,也没有干涉的能力。所谓"悲凉之雾,遍被华林,呼吸而领会者,唯宝玉一人而已",那只是一种哲人、诗人式的一叶知秋,是一种眼睁睁看着美好事物一点点毁灭的伤心和无奈,他远没有挽狂澜于既倒、扶大厦之将倾的想法。客观地说,任谁也没有这个能力。

他是一个诗人。宝黛的生活范式,是一种诗的、艺术的范式,是一种美到极致的境界。而诗和艺术,本身就意味着"脆弱",意味着"无用"。黛玉葬花,有用吗?"无用",可是美。而宝玉,他对女孩子表达心意的方式,是为她们做胭脂,这也是艺术。用来衡量他行为的维度应该是"美",而不是有用。宝玉和黛玉是灵魂伴侣,可是他俩只是单纯地相爱、凄美地错过,这中间从未对婚姻做过现实的铺垫和争取,会那么做的人,是薛宝钗。宝钗是一个很现实、很功利的人,所以她就绝对不会去葬花。这就是艺术家和现实主义者的区别。对于前者,抱怨他们的无用是不公平的,就像你不能抱怨梵高的《星空》不能吃不能喝一样。不满宝玉没有为他喜欢的女孩子们做什么的人,如果想到他也并没有为他自己做什么,是不是可以平衡一点。

由于以上这些原因,宝玉对这个世界、对女孩子们的爱是真的,因为他是"有情人",是爱美的艺术家;对她们个体的危机、死亡,表现得惊人的"冷血"、置身事外也是真的,因为他是"出世者"。无论客观能力或主观愿望,拯救她们都不在他的范畴之内。宝玉的"深情"与"无情",前者不能掩盖后者,后者不能否定前者。

其实,这样一个宝玉,在贾府家亡人散之后,他应该是有所反省的。最明显的如两阕《西江月》:

> 无故寻愁觅恨,有时似傻如狂。
> 纵然生得好皮囊,腹内原来草莽。
> 潦倒不通世务,愚顽怕读文章。
> 行为偏僻性乖张,那管世人诽谤。

> 富贵不知乐业,贫穷难耐凄凉。
> 可怜辜负好韶光,于国于家无望。
> 天下无能第一,古今不肖无双。
> 寄言纨绔与膏粱:莫效此儿形状。

当曹雪芹在北京西山下写下这样的句子，在他"举家食粥酒常赊"的时候，我相信他绝对不只是在说反话、明贬实褒，而是有自己的身世之感、有对家族衰亡的自责和愧悔在里面的。宝玉的情深，于这个世界、于他所热爱的美丽女性们，在现实层面终究是"无用"的。

贾宝玉这个人，他身上最闪亮的东西在于其人文主义、女性主义思想。这思想如同天地间一道闪电，击穿茫茫的夜空，照彻他生前身后的时代。但天才并非完美。也许我们要做的，就是在天才自身的环境中理解他们的局限，把思想家当思想家，把艺术家当艺术家，而不是以适用于普通人的标准来衡量他们。毕竟，现实中与天才一起生活，未见得是十分美好的事情。天才的价值，与过日子无关。

这样一个"非现实"的宝玉，对于他在"白茫茫一片大地真干净"之后的生活，我倒也不太担心。物质上他也许会困顿，但精神上他自会生发出一套超越苦难的哲学。当真实而粗粝的生活完整了他与生俱来的巨大悲悯，一个伟大的哲人、作家便诞生了。

黛玉的影子

黛玉最为人所公认的影子大概是晴雯，脂批说的："晴有林风，袭为钗副"。但这里想谈的，却是《红楼梦》中一些更隐晦的"有林风"的女子。

比如妙玉。原本是世家小姐，只因从小多病，被和尚度了出家。第一次看到她的身世，心里便猛然一惊：这不就是黛玉吗？假如黛玉不是因为她父母舍不得，由着和尚度出了家的话，会不会就是妙玉的样子？你看，妙玉"气质美如兰，才华阜比仙"，林黛玉和史湘云这两大才女凹晶馆里联句，完了由妙玉来收尾，连黛玉、湘云都要叹服"诗仙"下凡。妙玉艺术品位极高，吃穿用度全都是有来历的奇珍异宝，瓟斝、点犀䀉、蟠虬盏，"晋王恺珍玩""宋元丰五年四月眉山苏轼见于秘府"，能让曹公不惜杜撰、堆砌珍宝以烘托主人的，除了秦可卿便只有妙玉了。妙玉目无下尘，如果黛玉只是清高，妙玉就算得上是孤傲，她说自魏晋以来皆无好诗，只喜欢一句"纵有千年铁门槛，终须一个土馒头"。世上几无人可入得她法眼,连黛玉都要被她批评:"你这么个人,竟是个大俗人了。"这批评令一众《红楼梦》读者从蒋勋到刘心武都十分意外、印象深刻。这样眼高于顶的人,却对宝玉青眼有加,居然记得他的生日,专程送上拜帖;大观园中人想要她庵中的红梅,特令宝玉去讨,果然得妙玉欣然赠送满满一瓶上好的梅花。《红楼梦》人物名字里有"玉"的全都来历不俗,这个美丽、孤绝,悄悄爱慕着宝玉的女子,不就是黛玉出家后、越发超尘绝俗的样子吗?

比如龄官。这个女子初次出场,就被史湘云说长得像黛玉。第二次出场,是宝玉隔着蔷薇花架看见她"面薄腰纤,袅袅婷婷,大有林黛玉之态",彼时她正蹲在烈日下,用一只簪子在地上划出无数个"蔷"字,宝玉怜惜她外面这个形容,不知内里又是怎样的煎熬。第三次,是在梨香院,宝玉目睹了她与贾蔷的相处,那份敏感、脆弱,活脱脱便是黛玉的样子。而她与贾蔷的相处模式,也像极了黛玉与宝玉:一个因为对未来的不确定、紧张,便各种不适、各种使小性儿,落在外人眼里便未免是矫情、是"作",另一个拼命安慰、做小伏低、恨不能把心挖出来给对方看。贾蔷原本不是个纯情少年,与贾珍、贾蓉皆有暧昧,但自遇见龄官之后,身上的浊气便消散于无形。宝玉也自龄官这里开悟:原来世人各有缘法,各人得各人的眼泪。从此他分清了爱情与博爱。如果说龄官的爱情救赎了贾蔷,将他从声色犬马、肉身欲望的泥潭里拯救出来,那么黛玉对宝玉又何尝不是如此:她以她的眼泪,洗清了"忙玉"于情爱世界的懵懂。

再比如香菱。如果《红楼梦》里的女子出个美人榜,香菱无疑能排得很靠前。书中说她"有东府里蓉大奶奶的品格儿",蓉大奶奶何许人,秦可卿,乳名兼美,兼有宝钗的鲜艳妩媚、黛玉的婀娜风流,是贾母在重孙辈中第一得意之人,而香菱之美与她相类。再者,香菱被拐子转卖之际,先卖了一个小户人家之子冯渊,这冯渊本"酷爱男风、最厌女子",一见香菱却立意娶她,"立誓再不交结男子,也不再娶第二个了"。后薛蟠来与他抢香菱,他竟与权势熏天的薛蟠搏以性命,终至被薛蟠活活打死。他与香菱最多不过几面之缘而已,竟被她转变了审美取向,甚至不惜为她以死相争,香菱的美,可见一斑。可惜冯渊死了,香菱就这样做了薛蟠的"房里人",薛蟠是什么人?人傻钱多的薛大傻子,曾垂涎过蒋玉菡、柳湘莲,这两人却都视他如粪土秽物。即使没有悍妇夏金桂的荼毒,诗意性灵的香菱与粗俗鄙陋的薛蟠,他们的生活已经令人不忍想象。宝玉怜惜平儿要面对"凤姐之威,贾琏之俗""贾琏不知作养脂粉",那么平儿的际遇若相比于香菱呢?宝玉还说过"就如同一盆才抽出嫩箭来的兰花送到猪窝里去一般",这是说被撵出去的晴雯的,可是我总觉得,用来形容香菱的遭遇也很贴切啊。

　　书中说,问香菱家乡、年纪,她一概摇头答"不记得了"。按理她被拐时已三四岁了,三四岁的孩子,是不该全无记忆的,何况香菱如此冰雪聪明之人。她是真的不记得了,还是故意忘记,怕在父母身边的幸福记忆更衬托出现实的残酷?连同眼前这无望的生活,还是不要去细想的好。既然无可说之事、亦无可说话之人,她的目光便越过灰暗现实,投向美丽的自然造物,她说:"不独菱角花,就连荷叶、莲蓬,都是有一股清香的。但他那原不是花香可比，若静日静夜或清早半夜细领略了去，那一股香比是花儿都好闻呢。就连菱角、鸡头、苇叶、芦根得了风露，那一股清香，就令人心神爽快的。"可见她常与自然交流。

与自然最天然接近的，是艺术，是诗。所以只要稍有机会，香菱心心念念的，是学作诗。她是这样论诗的："'大漠孤烟直，长河落日圆。'想来烟如何直？日自然是圆的：这'直'字似无理，'圆'字似太俗。合上书一想，倒像是见了这景的。若说再找两个字换这两个，竟再找不出两个字来。再还有'日落江湖白，潮来天地青'：这'白''青'两个字也似无理。想来，必得这两个字才形容得尽，念在嘴里倒像有几千斤重的一个橄榄。"这感受力、这悟性，天生是此道中人。得黛玉名师指点，香菱的诗艺果然一日千里，"精华欲掩料应难，影自娟娟魄自寒"，如同香菱自己一片天赋灵性，终于精华难掩、脱颖而出。"绿蓑江上秋闻笛，红袖楼头夜倚栏。博得嫦娥应借问，缘何不使永团圆！"哀怨凄清的句子，诗品也与其师黛玉相类。香菱的遭遇，如同她的本名"甄英莲"，真应怜也，惨痛至极。她不眠不休地学写诗，因为在写诗时，她可以浑忘周遭冰冷、丑陋的一切。诗，让她拥有了超越残酷现实的精神力量；诗，让她苦难的灵魂暂时得到救赎、向死而生。假设三岁时被拐的是黛玉，是不是就会长成香菱的样子？那样美丽，那样孤独，那样坚守着自我，那样一片诗心。

贾雨村说过，感正邪之气而生者，"若生于公侯富贵之家，则为情痴情种；若生于诗书清贫之族，则为逸士高人；纵再偶生于薄祚寒门，断不能为走卒健仆，甘遭庸人驱制驾驭，必为奇优名倡。"以此而观黛玉、妙玉、香菱、龄官，是否有一一对应之感？黛玉是独一无二的。妙玉、香菱、龄官、晴雯……这些美好的、清高的、有才华的、秉深情的少女，都像黛玉自不同角度投在水中的倒影，她们各自得黛玉的一点风神，从各个侧面辉映着黛玉。一花一世界，一叶一菩提，《红楼梦》是生命之书，浩瀚无边。《红楼梦》又如同万花筒，照见众生，照见不同的平行世界。大约曹雪芹最喜欢黛玉这一型的少女，所以他才塑造了那么多。

一部小说中出现相似的人物形象本是艺术的失败，而曹雪芹却偏偏有本事让这些人物相映成趣而绝不雷同。金圣叹在《读第五才子书法》中这样评施耐庵写《水浒传》："有正犯法。如武松打虎后，又写李逵杀虎，又写二解争虎；潘金莲偷汉后，又写潘巧云偷汉；江州城劫法场后，又写大名府劫法场……正是要故意把题目犯了，却有本事出落得无一点一尽相借，以为快乐是也。真是浑身都是方法。"可惜金圣叹生得早了，不然面对曹公的《红楼梦》，他一定另有一番高论。

软弱的王熙凤

王熙凤无疑是女中豪杰。

她主理荣国府,"一日少说大事也有一二十件,小事还有三五十件……都从他一个手一个心一个口里调度",顺手还能协理一把宁国府,同样打理得大开大阖、风生水起。做事的人会发光,凤姐的飒爽英姿从此留在读者心里。

她杀伐果断,家族里的下三烂贾瑞垂涎她,恶心到了她,她想的是"几时叫他死在我手里,他才知道我的厉害",后来果然三下五除二结果了他。她听说丈夫贾琏在外娶了二房,先是趁丈夫外出,纡尊降贵来到二奶家里,口口声声自称"奴"、称对方"姐姐",一番甜言蜜语,一阵风似的把个尤二姐赚入大观园,赚进自己的势力范围。然后,一手找出尤二姐退了婚的前未婚夫,贴钱、怂恿他去告自己丈夫"强娶有夫之妇""国孝家孝中娶亲""停妻再娶",她说"便告我们家谋反也没有事的",从外部给贾琏施加压力;另一手在大观园中散布尤二姐婚前失足的名声,借贾琏刁钻刻薄的小妾秋桐之口折辱尤二姐,摧毁她的精神;将尤二姐身边的亲信换成自己的人,折磨她的肉体;最后再借医者之手,杀掉尤二姐腹中胎儿,扑灭尤二姐最后的希望,令她绝望自逝。书中没有明说尤二姐的胎儿是凤姐杀的,但太医确是贾府换的,这个乱用虎狼药的胡庸医是贾府的小厮们请来的,曹公一向草蛇灰线,皮里阳秋,而杀人,在凤姐已经不是头一回了。这样的凤姐,未免让人又憎恶又害怕。这样的雷霆手段,这样步步为营的谋略,往小了说可以作为指导宫斗剧创作的经典案例,往大了说可以写入兵法。

她是天生领导,各种场合的表演于她都是小"case"。毕飞宇曾惊讶于为什么凤姐上一秒还当面为身染重疾的秦可卿抹泪,下一秒就自在悠游地赏花。其实于凤姐,为秦可卿的病落泪也许有真心的成分在,但更多的一定是场合需要。这样精彩的逢场作戏还有很多,比如秦可卿死后:

> 凤姐缓缓走入会芳园中登仙阁灵前,一见了棺材,那眼泪恰似断线之珠,滚将下来。院中许多小厮垂手伺候烧纸。凤姐吩咐得一声:"供茶烧纸。"只听一棒锣鸣,诸乐齐奏,早有人端过一张大圈椅来,放在灵前,凤姐坐了,放声大哭。于是里外男女上下,见凤姐出声,都忙忙接声嚎哭。一时贾珍尤氏遣人来劝,凤姐方才止住。

她的眼泪如同苏轼的文章,"行于所当行,止于所不可不止",哭得何等优雅、何等行云流水,又何等收放自如啊!再如贾琏偷娶尤二姐事发,她来宁国府兴问罪之师、问教唆之罪,那杀气,先把贾珍吓得脚底抹油溜了,然后她对着贾蓉和尤氏又是哭、又是骂、又是滚到怀里、又是照脸啐,一通大闹,气吞万里如虎,"把个尤氏揉搓成一个面团",贾蓉只能磕头,"自己举手左右开弓自己打了一顿嘴巴子",奴才们"乌压压跪了一地"。凤姐见发挥得够了,话锋一转,对着尤氏赔不是,做出识大体顾大局的样子来,一边主动提出善后,一边又忍不住把尤氏敲打挖苦一通,末了顺手卷走对方乖乖献上的五百两消灾银子。真是令人叹为观止的完美表演啊。

她是脱口秀天才,脱口而出各种俚俗语,总能把贾母逗得开怀大笑,是孙辈中除宝黛之外贾母最疼的人,由此奠定了她在贾府的地位。她性子爽利,诙谐通透,即使只会吟一句"一夜北风紧",也一样令园中那群美才女姐妹乐于与她亲近,令她在贾府左右逢源。更不用说她的美艳性感,可以令男人为了她不顾性命。凤姐是太强大、太有魅力了,曹雪芹说"金紫万千谁治国,裙钗一二可齐家",这样的王熙凤,放在今天也是执掌跨国企业的美丽霸道女总裁。

八七版《红楼梦》电视剧中,邓婕的王熙凤是一个难以超越的经典,年轻的邓婕极符合"一双丹凤三角眼,两弯柳叶吊梢眉,身量苗条,体格风骚,粉面含春威不露,丹唇未启笑先闻"的原著形象,加之又口齿伶俐,宜笑宜嗔,平日里看着妩媚风流,柳眉倒竖时却令人胆寒,活脱脱一朵艳丽馥郁却刺大扎手的玫瑰。演那个聪明绝顶、心高气傲、以"世上的人我不笑话就罢了"自况的凤姐，我一时想不出有比邓婕更合适的人。发散一下，我不知是邓婕本身的性子就是这样爽利泼辣，所以才被王扶林导演慧眼看见，选来演了凤姐，还是凤姐这个角色实在气场太强大了，深度影响了年轻的邓婕，总之邓婕后来的性格、气质里都是凤姐的影子。我于是将对凤姐的爱移情到邓婕，进而到她扮演的其他角色身上，比如《康熙微服私访记》里的宜妃。至于后来某些版本的凤姐，不是形象的问题，而是演员能先提高下台词能力、好歹把话说利索了不？话说不利索，管家理事以及大闹宁国府的气势从何而来？那种强撑着的、色厉内荏的"厉害"，我看着都替演员累得慌。

如果说八七版的凤姐有什么瑕疵的话，我认为是把凤姐塑造得太刚强了，原著中凤姐有许多楚楚可怜的时刻，到了电视剧里都没有了。应该是剧本就把一些东西删去了，怪不得演员。比如原著第七十一回，贾母生日，尤氏的丫头在荣国府受了两个婆子的气，凤姐为着礼数，下令捆了两个婆子，等贾母生日过后送到宁国府给尤氏发落。邢夫人听说了，当着许多人的面和凤姐"求情"说："我听见昨儿晚上二奶奶生气，打发周管家的娘子捆了两个老婆子，可也不知犯了什么罪。论理我不该讨情，我想老太太好日子，发狠的还舍钱舍米，周贫济老，咱们家先倒折磨起人家来了。不看我的脸，权且看老太太，竟放了他们罢。"说毕，上车去了。凤姐听了这话，又当着许多人，又羞又气，一时抓寻不着头脑，憋得脸紫胀。偏偏尤氏也笑道："连我并不知道，你原也太多事了。"王夫人也道："你太太说的是。就是珍哥媳妇儿也不是外人，也不用这些虚礼。老太太的千秋要紧，放了他们为是。"说着，回头便命人去放了那两个婆子。凤姐由不得越想越气越愧，不觉得灰心转悲，滚下泪来。

看着这一段，深深体会到凤姐的委屈和无奈。生活中总有一些时刻，你会觉得全世界都在冤枉你、打压你。最令人觉得辛酸的是，打压你的人中有你为她"犯错"的人，有你的亲人。尤氏，有了大闹宁国府这一段，又有了她妹妹尤二姐的死，哪怕之前她和凤姐的交情再热络，这会儿也都降温成又冷又硬的冰渣子了。哪怕凤姐之前惩罚婆子是为圆她的面子，也绝不妨碍她落井下石——让你聪明绝顶、让你占尽先机，居然也有你狼狈的时候，此仇不报，时不再来啊。再说王夫人，她是凤姐的亲姑姑，凤姐被邢夫人不待见，很大程度上是因为凤姐帮她这个娘家姑妈管家理事，在婆婆面前反倒失于应候。然而越是这样王夫人越要表现得深明大义、大义灭亲。你一定听说过那种家长——孩子和人冲突，不管自己孩子有理没理，先骂一顿打一顿再说，不如此不足以显示自己管教有方、毫不护短。你可能也见识过有一种领导——明明按他定的规矩办事，他却跑来拉偏架还要怪你不知变通——可是如果下次你真"变通"下你再试试，反正他是领导他横竖有理。回到凤姐身上，这次的事就是邢夫人挖了个坑一把把凤姐推下去，尤氏在坑边冷眼看着随手丢了块石头，然后王夫人上来直接把凤姐埋了。凤姐越是英明、越是正确，这一刻就越冤枉、越可悲。

像这样的至暗时刻，在凤姐有不少。比如王夫人从邢夫人手中得来了傻大姐在园子里捡的绣春囊，不分青红皂白把凤姐骂得又是流泪又是下跪——在辖制、折辱凤姐这件事上，王夫人经常是邢夫人的同盟；再比如邢夫人要为贾赦求娶鸳鸯为妾，凤姐劝阻，被邢夫人训斥；更不用说凤姐在生日那天发现贾琏的奸情，反而被贾琏拿刀追着砍，然后最疼爱她的贾母出来弹压："什么要紧事！小孩子们年轻，馋嘴猫儿似的，哪里保得住不这么着。""凤丫头，不许恼了，再恼我就恼了。"看清了吧，再厉害的凤姐，在荣国府仍是一个小媳妇儿，凭她怎么长袖善舞，也只能在那个时代为媳妇制定的框架之内，半点不敢逾矩，饶是这样，也还要动辄得咎、时时碰壁。

更不用提，荣国府家大业大，人事关系复杂，财务问题成堆，管家理事千难万难。凤姐曾与贾琏闺房闲话："你是知道的，咱们家所有的这些管家奶奶们，哪一位是好缠的？错一点儿她们就笑话打趣，偏一点儿她们就指桑说槐的报怨。'坐山观虎斗''借刀杀人''引风吹火''站干岸儿''推倒油瓶不扶'，都是全挂子的武艺。"凤姐对下属们的判断在平儿这里得到了印证，有一次平儿对管家媳妇儿们说："你们素日那眼里没人，心术厉害，我这几年难道还不知道？二奶奶若是略差一点儿的，早被你们这些奶奶治倒了。饶这么着，得一点空儿，还要难她一难，好几次没落了你们的口声。众人都道她厉害，你们都怕她，惟我知道她心里也就不算不怕你们呢。"所以凤姐说："所以知道我的心的，也就是他（平儿）还知三分罢了。"所谓"生前心已碎，死后性空灵……枉费了，意悬悬半世心"，凤姐的表面威风，实则如履薄冰、殚精竭虑，大概真的只有平儿能近乎感同身受地懂得。因为懂得，所以慈悲，平儿对凤姐的忠心，是有一种怜惜在里面的。所以也就不难理解凤姐待平儿，是主仆、是妻妾，也是闺密、是知己。

以上种种凤姐的艰难时刻,到了影视剧里要么就被省略了、淡化了,要么就不肯表现凤姐真实的委屈与可怜,而是代之以强硬回怼之类的神态反应,总之王熙凤这么厉害的女人,怎么可能受气认怂呢?凤姐柔弱的、楚楚动人的一面,就这样被剔除了。这不是哪一版影视剧或者哪个编剧的问题,而是凤姐形象接受史中一个普遍问题:我猜应该是先有了许多读者心中自动过滤过的厉害版王熙凤形象,才有了影视剧这样的处理与表现。而受影视剧传播的强大影响,刚硬的凤姐形象又被更广泛地认同。凤姐太有魅力了,"自古美人如名将,不许人间见白头"。曹公苦心经营的真实的、立体的王熙凤,其柔弱一面总是被有意无意地淡化、遮蔽。

凤姐是个光芒万丈的女人,但她终究只是一个凡人。连神一样的阿喀琉斯尚且有个脆弱的脚后跟,何况凡人。在这个世界上,英雄的凤姐既有铠甲,也有软肋。铠甲是她的惊才绝艳、浑身本事;软肋则是作为贾府的孙媳妇、花花公子贾琏的妻子、荣府的管家人,她的许多的不得已,是她作为荣府长房单传的媳妇却只生了一个女儿,是她神气活现的外表下孱弱的体质,等等。这些软肋,在家族大厦稳稳矗立时还不显眼,但在大厦倾颓时,软肋便成了命门,她从这里被彻底击溃,"一从二令三人木"。有时决定成败的因素只在于"时来天地皆同力,运去英雄不自由"。

曹雪芹把阿凤写得英气,但他并不想把她写成开着外挂、笼罩着主角光环的所谓"大女主",更不想把她写成战无不胜的神。所以他在写王熙凤的强大的同时,也花了那么多笔墨去写她的脆弱,她的无奈与辛酸。因为真实的生活不会对任何人网开一面,不会因为你出身高贵或者特别有才华,就为你屏蔽掉一切痛苦和烦恼。凭他怎样鲜花着锦的生活,都是经不起细看的,完美只存在于雾里看花时。再强大的人,从根本上来说也都是孤独、脆弱的。而文学,就是要反映生活的复杂,就是要引导人们面对这世界的真相,引发形而上的叩问和思考。

何必为英雄避讳呢?读《西游记》,看到大圣被三昧真火烧个半死,读者可能会流泪、会叹息,可是会因此削弱孙悟空在我们心中顶天立地的英雄形象吗?不会的,只会让我们更懂英雄的不易、更怜惜英雄。接受英雄也是普通人,接受他们也会困顿、也会受伤、也会虎落平阳,才更能体会他们超越常人之处,才能真正明白为什么他们是英雄。这个问题,具体到凤姐这里还有另一层:一个百毒不侵的腹黑女强人、钢铁女战士,和一个头脑精明、身段潇洒漂亮、有时心狠手辣,却也一样柔软、会哭泣的真女人,后者难道不是要有血有肉、可爱可亲得多吗?

像看待普通人一样地看待王熙凤吧,不神化不美化,看见她的强大也看见她的脆弱,看见她的欢笑也看见她的眼泪,这才是文学的正确打开方式,以及对真实生活逻辑应有的尊重。

《红楼梦》里最盛大的一场下午茶

《红楼梦》里写到喝茶的地方很多,比如凤姐打趣林黛玉:"你既吃了我们家的茶,怎么还不给我们家做媳妇?"凤姐作为贾母的心腹,听她这么开玩笑,不知有多少读者像我一样,暗暗为木石前盟感到些许开心和安慰,尽管一早就知道那结局。又比如宝玉问起枫露茶,丫鬟茜雪说:"我原是留着的,那会子李奶奶来了,他要尝尝,就给他吃了。"宝玉生气摔了茶碗,残茶溅了茜雪一裙子。再后来,曹公借李奶奶之口告诉我们,茜雪因为这场风波被撵出贾府。让人忍不住感叹,任何时候,职场中作为"代价"的永远是无辜的小透明。

《红楼梦》浩瀚无边,既能从一句玩笑、一场"茶杯里的风波"折射出世情百态、人物命运,那么,当曹公写一场盛大的下午茶时,那光景,必然是暗香浮动的。

那是第四十一回《栊翠庵茶品梅花雪 怡红院劫遇母蝗虫》。贾母带着刘姥姥及宝玉、姑娘们游大观园,来到妙玉的栊翠庵。

妙玉亲自捧出一盏成窑五彩小盖钟的茶奉与贾母，贾母说："我不吃六安茶。"妙玉笑说："知道。这是老君眉。"我每次读到这里都会心微笑，可见妙玉并非傲岸孤绝，面对真正的大领导，她也是要逢迎的。后面的事情越发有趣，贾母和刘姥姥喝茶、聊天，姑娘们承欢膝下，满地丫鬟婆子伺候着，妙玉趁人不备一拉宝钗、黛玉的衣襟，带着她们到耳房喝体己茶。有人认为，这是因为妙玉知道只要拉了这两位来，宝玉就必定会跟来，可我更愿意将之理解为这是优秀的灵魂在人群中的相互体认，不然的话，她只用拉黛玉一个人就行了。

果然，宝玉马上跟过来了。四个人的下午茶，妙玉拿出了珍藏的古玩点犀䀉等作为待客的茶具，给宝玉的，却是主人日常喝茶用的绿玉斗。即使在今天，年轻姑娘把自己的杯子给男子喝茶，也是一种相当程度的认可和亲密了吧，何况在封建社会，又是妙玉这样一个有着绝对洁癖的人。曹公擅长草蛇灰线，在第六十三回，宝玉生日，妙玉派人送了一张帖子来，上书"槛外人妙玉恭肃遥叩芳辰"，既是皈依佛门、跳出三界之外的"槛外人"，如何又会留意记得俗世男子的生日呢。第五十回《芦雪庵争联即景诗 暖香坞雅制春灯谜》，众人雪中联句，宝玉落第，李纨说："我才看见栊翠庵的红梅有趣，我要折一枝来插瓶。可厌妙玉为人，我不理他。如今罚你去取一枝来。"这是连外人都看出妙玉在众人中独独待宝玉不同。宝玉依言去了，一语未了，只见他笑吟吟擎了一枝红梅进来，可见得来全不费工夫。"原来这枝梅花只二尺来高，旁有一横枝纵横而出，约有五六尺长。其间小枝分歧，或如蟠螭，或如僵蚓，或孤削如笔，或密聚如林，花吐胭脂，香欺兰蕙。""放诞诡僻"的妙玉，竟将一枝最馥郁动人的红梅给了宝玉。

在这次下午茶里，我们知道了妙玉喝茶的水是梅花上收集的雪化了装在坛子里，埋在地下五年，然后才拿出来烹茶。也是在这次下午茶，妙玉对黛玉说出了那句石破天惊的话："你这么个人，竟是大俗人，连水也尝不出来。"天哪，她说黛玉什么不好，居然说她俗！黛玉是绛珠仙子，是诗魂啊。可是黛玉什么反应呢，"黛玉知他天性怪癖，不好多话，亦不好多坐，吃完茶，便约着宝钗走了出来。"在一般人的印象中，黛玉小性儿、伶牙俐齿、拿捏宝玉出神入化，只有她刻薄人，哪有人能指摘她？可是妙玉偏偏就指摘了，而且是用一个与黛玉势不两立的"俗"字来指摘，然后黛玉居然没有明显的抵触、没有怼回去。为什么会这样呢？

《红楼梦》里叫"玉"的人，都不是泛泛之辈。看看黛玉和妙玉的身世，都是姑苏人氏、书香仕宦人家千金，从小多病，须出家才能保平安。然后妙玉出家了，从判词"可怜金玉质，终陷泥淖中"来看，大抵还是沉沦了。黛玉的父母还被和尚告知，若不舍得她出家，只从此后总不许见哭声，不见外姓男亲戚……她一一违反，完全背道而驰，结局我们也大致知道。这样来看，她俩仿佛同一个人走进了平行世界，妙玉不就是出家的黛玉吗？

妙玉就像黛玉在某些方面的加强版：黛玉清高自许，妙玉就孤傲冷峻；黛玉冰清玉洁，妙玉就超尘绝俗；黛玉才华卓著、眼光高，连李商隐都看不上，妙玉就索性宣称："古人中自汉晋五代唐宋以来皆无好诗，只有两句好：'纵有千年铁门槛，终须一个土馒头。'"是加强版没错,是不是比本尊更可爱更有美感就见仁见智了。

就在这次下午茶,前文提到的那个成窑五彩小盖钟由贾母递到了刘姥姥手中,刘姥姥喝了半杯老君眉。然后,妙玉对下人说:"将那成窑的茶杯别收了,搁在外头去吧。"这里贾宝玉又一次发挥了他暖男的素质,他说:"不如就给那贫婆子吧,他卖了也可以度日。"妙玉终究是分别心太重,把自己和众生分得太清了,对弱小者,她鲜有慈悲、同情,更遑论做到佛家的"众生平等",这就不能怪"太高人欲妒,过洁世同嫌"。其实就在接下来的第四十二回,黛玉也讥讽刘姥姥为"母蝗虫",但那更可能是因为刘姥姥瞎诌了茗玉的故事,引起宝玉的兴趣,犯了黛玉的忌讳所致。因为黛玉对于贫弱者的一般表现是:随手抓了两把钱给小丫头佳蕙、命人给蘅芜苑送东西的婆子几百钱。总之林姑娘对底层人大方而温暖,林姑娘怜贫恤老。和妙玉相比,黛玉是柔软、有温度、相对靠近红尘的那一个。

黛玉对妙玉,很难说有多么深厚的友情,但"黛玉知他天性怪癖",这两人在某个层面是彼此了解、懂得的,所以妙玉在众姑娘中选中了黛玉(当然还有宝钗),而当妙玉冷笑着说黛玉是"俗人"的时候,黛玉是接受了的,也许在她内心,她认为妙玉是有资格这么说的——她的确比自己更绝俗。纵观全书,这句"俗人"的苛评,也只有从妙玉口中说出,黛玉本人以及读者才是勉强可以接受的吧。

这里要说到黛玉的性格。黛玉这个人,其刻薄小性儿多半只对宝玉,那是恋爱的少女敏感紧张的小心思。即使这点心思,在第三十二至三十四回宝玉剖白心迹之后，也舒缓了很多，这以后明显变得平静、包容、恬淡了。其实，黛玉对于她真心认可了的人是可以非常热忱、全部接纳的。这从她与紫鹃的主仆关系、她与香菱的师徒关系、甚至在"金兰契互剖金兰语"之后，与宝钗的朋友关系都可见出。她与妙玉，也是这样认对方为半个知己的，妙玉这句造次的"恶评"，并没有在"小性儿"的黛玉心中留下芥蒂，这从原书后文可以看得出来。

那是第七十六回《凸碧堂品笛感凄清 凹晶馆联诗悲寂寞》，湘云和黛玉深夜联诗，一人出"寒塘渡鹤影"，一人对"冷月葬花魂"，这时一直暗中欣赏的妙玉突然献身喝彩。黛玉、湘云警句已出，难以为继，遂请妙玉联完全诗。妙玉也不推辞，提笔一挥而就。黛玉、湘云大赞说："可见我们天天是舍近而求远。现有这样诗仙在此，却天天去纸上谈兵。"三人皆是诗人，亦皆有林下之风，互相引为知己也就顺理成章。

回到那次下午茶，姑娘们都到了，一起在栊翠庵喝茶。妙玉更私下请了黛玉、宝钗和宝玉，喝着用梅花上的雪煎的茶。这是大观园、栊翠庵最好的时刻之一，之后还会更繁华热闹，届时邢岫烟、薛宝琴、李纹、李绮也加入进来，他们在雪后的大观园中，对着从栊翠庵折来、妙玉送他们的红梅，吃炭烤鹿肉，联句作诗，雀跃欢笑，不知道或假装不知道命运已等在不远的前方。

在那个"落了片白茫茫大地真干净"的结尾，黛玉已逝，不知宝玉、妙玉和宝钗各自会怎样回忆她，回忆那场盛大的下午茶，以及过去那么多那么美好的光阴。

不要温驯地走入那个元宵良夜

《红楼梦》写了好几次过年、好几次元宵节,但是,最"鲜花着锦,烈火烹油"的是书中第一个元宵节,也就是《大观园试才题对额　荣国府归省庆元宵》那一回。元妃新封了贤德妃,要回娘家省亲了,那时正值贾府在全书故事中财力最雄厚的时候,于是大兴土木加盖省亲别墅(大观园)、大肆装饰铺陈。书里是这么描写那个元宵夜的:

> 只见清流一带,势如游龙,两边石栏上,皆系水晶玻璃各色风灯,点的如银花雪浪;上面柳杏诸树虽无花叶,然皆用通草绸绫纸绢依势作成,粘于枝上,每一株悬灯数盏;更兼池中荷荇凫鹭之属,亦皆系螺蚌羽毛之类作就的。诸灯上下争辉,真系玻璃世界,珠宝乾坤。船上亦系各种精致盆景诸灯,珠帘绣幙,桂楫兰桡,自不必说。

元妃的銮舆进了家门，与按品大妆的贾母、王夫人们叙了寒温，游园、赏灯、给园中各处赐名毕，她要宝玉和众姊妹们作诗，以刚刚定下来的各处匾额为题。这是命题作文，是应制诗。书里写道："原来林黛玉安心今夜大展奇才，将众人压倒，不想贾妃只命一匾一咏，倒不好违谕多作，只胡乱作一首五言律应景罢了。"黛玉的心态，是少女的逞才使气、天真烂漫，坦荡的骄傲，任性的虚荣，并无任何实际功利目的，然而真实的外部世界却要复杂、残酷得多。

这场诗会，元妃最想看的，其实是宝玉的诗，她命他一人作四首。那是她在闺阁时悉心发蒙的胞弟，她当然想看看他的学问才情到了什么地步。宝钗看到了这一点，所以她在宝玉抓耳挠腮时前去点拨他、襄助他，助他交上一份像样的作业，好让元妃高兴、欣慰。

黛玉也看到了宝玉的捉襟见肘，毕竟他是那个后来常常在海棠诗社中落第的人。黛玉的做法是："既如此，你只抄录前三首罢。赶你写完那三首，我也替你作出这首了。"因不得展才而郁闷、技痒的林黛玉，以这种方式帮了宝玉，也多少施展了自己丰沛得无处安放的才华。

但是，接下来，元妃从宫里送来赏赐，宝玉和宝钗是一等，都是上等宫扇两柄、红麝香珠两串、凤尾罗两端、芙蓉簟一领；黛玉同迎春、探春、惜春次一等，只有宫扇和红麝香珠。贵妃指婚的意思已很明显。问题肯定不出在薛、林二位的样貌上，因为前文有"贾妃见宝、林二人亦发比别姊妹不同，真是姣花软玉一般"。那一定是出在二位在诗会中的表现上。

在元妃看来,薛、林两位表妹都对宝玉好,但是方式大不相同:宝钗点拨宝玉的做法,既体贴了元妃期望看到弟弟成才的圣心,又润物细无声,没有逾矩;而黛玉自恃才高,公然为宝玉替考,这做法未免过于跳脱,有些目无尊长了。要知道,在那间明烛高烧、亮如白昼的大殿里,地上站满宫女、太监,他们都是贵妃的耳目,林黛玉又不是武林高手黄蓉,她那点小动作、小聪明,如何能瞒得过贵妃呢?

再看二位的诗:

凝晖钟瑞

薛宝钗

芳园筑向帝城西,华日祥云笼罩奇。
高柳喜迁莺出谷,修篁时待凤来仪。
文风已著宸游夕,孝化应隆归省时。
睿藻仙才盈彩笔,自惭何敢再为辞。

世外仙源

林黛玉

名园筑何处,仙境别红尘。
借得山川秀,添来气象新。
香融金谷酒,花媚玉堂人。
何幸邀恩宠,宫车过往频。

杏帘在望

林黛玉代拟

杏帘招客饮，在望有山庄。
菱荇鹅儿水，桑榆燕子梁。
一畦春韭绿，十里稻花香。
盛世无饥馁，何须耕织忙。

宝钗的诗，"帝城""华日祥云""莺出谷""凤来仪""文风""宸游""孝化""归省""睿藻仙才""自惭"，字字句句都在颂圣，态度恭谨，用典工稳，文风端丽，是最最标准的应制诗，哪怕以最严苛的标准也挑不出毛病。再看黛玉的诗，她也称赞元妃了，也颂圣了："花媚玉堂人。何幸邀恩宠，宫车过往频。"也是很漂亮的应制诗。但是，"名园筑何处"以问句开头，起得就比别人高明；"仙境别红尘"出尘脱俗、飘飘然有仙气；"借得""添来"很有巧思和想法；"山川秀""气象新"眼光高远、境界阔大。相比之下，后两句的拍马屁、颂圣就显得有点刻意为之、漫不经心的味道。

元妃曾笑道："终是薛林二妹之作与众不同，非愚姊妹可同列者。"至于《杏帘在望》一首，元妃"指《杏帘》一首为四首之冠，遂将'浣葛山庄'改为'稻香村'"，还知道黛玉为宝玉"替考"，如何会不知这一首乃是黛玉的手笔。之所以评这首为冠，是因为这首诗实在是不容忽视的出挑：前三联只是写自然景物，首联中"杏帘招客""山庄在望"，没有写到人，但景物背后分明有人，呼之欲出。颔联和颈联写田园风光，画面生机勃勃仿若有光，色彩丰富而有层次，甚至还有丰收在望的气味。关键是诗人描绘这幅画面的笔是那样的行云流水、游刃有余。尾联点题了，颂圣了——"盛世"，但结论却是：盛世没有饥馑之忧，干吗忙着劳作呢，不如看风景，不如游玩，不如作诗。多么超脱，多么不羁，真诗人之语啊。

诗言志，很难掩饰，何况黛玉根本没想掩饰。

她的两首诗都像一个恃才放旷的新概念作文一等奖获得者写的高考作文，前面天马行空写自己想写的，结尾给阅卷老师个面子点个题，由于作者实在是才华横溢，凑在一起天衣无缝，仍是一篇满分作文，但读起来感觉和宝钗那篇满分作文是大相径庭的。区别在于态度。宝钗是在亦步亦趋地虔诚颂圣，而黛玉的自由灵魂不是应制诗可以羁绊得住的，她的颂圣只是应景而已。

这种区别，阅卷老师元妃自然感觉到了。元妃封的是"贤德妃"，自谦之词是"我素乏捷才，且不长于吟咏"，应该是认同"女子无才便是德"的；而黛玉自由独立的精神、洒脱灵动的才情会给人一种"非池中物"之感，与宝钗相比，她身上太少奴性，这是会让元春这样的上位者感到不安、不快的。可怜黛玉原本还打算要在这个夜晚展露才华、折服众人。少女心性的她还不懂得，日常生活中，思想、才华这种东西，讲究同声相应同气相求，是要展示给同类，展示给欣赏自己的人看的，否则就会给自己带来麻烦甚至灾祸。

一直以来，对于与宝玉的关系，黛玉专注于和宝玉的恋爱，两人有深度的精神交流，可以共读《西厢》《牡丹》，宝玉一早认定她是知己，对林妹妹魂牵梦萦，黛玉是真正意义上的"愿得一人心"；而宝钗专注于经营婚配价值，处处"随分从时"，以"热闹戏文、甜烂之食"讨好贾母，对平辈姊妹们应酬周到，守牢一个"端庄贤良"的好人设。然而这些都不能决定"木石前盟"或"金玉良缘"哪个最终能在世俗婚姻层面实现。

因为那时候，婚姻的决定权在长辈手里。可以决定宝玉婚姻的是两个女人——祖母贾母和母亲王夫人。在贾母，黛玉是她过世的"最小偏怜女"贾敏的独生孤儿，是心肝的心肝；宝玉是她在孙辈中最偏爱之人。在她心中，"两个玉儿"是一对"冤家"。高鹗续书中，贾母为了家族利益放弃了黛玉，为宝玉迎娶了身体更好、性格更适合的宝钗。这是不可能的。以老祖母的眼睛看去，她不会觉得黛玉的身体差到无法胜任宝玉妻子、当家主妇的地步；她了解宝玉、黛玉两小无猜的感情；她更无法接受把一个体弱、性格敏感、没有娘家的黛玉嫁到贾府之外的人家，在她离世后任人欺凌。所以，她的选择一定是：将她两个最爱的、彼此也相爱的孙辈组成一对。

而王夫人在宝玉婚事上的倾向，不必说宝钗是她胞妹的女儿、她的嫡亲外甥女，也不必说宝钗守愚藏拙的处世方式有多合她的意，就说一点：宝玉爱黛玉，爱到黛玉一句话可以让他在情绪上下地狱、一句话又让他上天堂，别人一句"林姑娘要回南去"就能要了他的半条命。世界上哪有母亲会愿意让这样的姑娘做自己的儿媳妇呢？所以王夫人一定会力挺"金玉良缘"啊。

如此，本来"木石前盟"和"金玉良缘"势均力敌，贾母更有地位和智慧，而王夫人更有时间。但在这个元宵节之后，情势变得严峻起来。宝钗的"停机德"被看见了、选中了，而黛玉却为她的"咏絮才"悄然付出了代价。王夫人多了元妃这一最强有力的同盟。君权高于父权、宗族权,皇妃,是可以下旨赐婚的啊。我们不知道"木石前盟"成空究竟是因为黛玉早夭还是别的什么原因,但是,元妃倾向于宝钗,这在某个阶段是悬在宝黛姻缘上空的一柄达摩克利斯之剑。

面上花团锦簇的元宵节,暗地里却是激流暗涌。那时红楼人物们还不知道,在他们温和地走进的那个元宵良夜,有三个人的命运被悄悄地改变了。

葬花与扑蝶

若待上林花似锦，出门俱是看花人。《红楼梦》里的赏花天是这样的："满园里袖带飘飘，花枝招展，更兼这些人打扮得桃羞杏让，燕妒莺惭，一时也道不尽。"这段话所在的第二十七回《滴翠亭杨妃戏彩蝶 埋香冢飞燕泣残红》是《红楼梦》最有名的章回之一，在这一章里，黛玉写出了国民度甚高的《葬花吟》，而宝钗的一个言行细节，成为"红迷"诟病其人品的主要证据。

落红成阵，黛玉独自葬花，这个画面几乎定格为黛玉的精神写照。葬花这件事不是曹公首创，历史上明文记载葬花的人是唐寅。《唐伯虎全集》附录《唐伯虎轶事》卷三载：

> 唐子畏居桃花庵，轩前庭半亩，多种牡丹花，开时邀文徵仲、祝枝山赋诗浮白其下，弥朝浃夕。有时大叫恸哭。至花落，遣小伻一一细拾，盛以锦囊，葬于药栏东畔，作《落花诗》送之，寅和沈石田韵

三十首。

第二回《贾夫人仙逝扬州城　冷子兴演说荣国府》中，贾雨村所说"秉正邪之气而生者"中就提到了唐伯虎，第五回《贾宝玉神游太虚境　警幻仙曲演红楼梦》中，秦可卿的卧室里挂着唐伯虎的《海棠春睡图》，可见曹公是喜欢唐伯虎这位狷狂的文人的，并把他葬花的行为移到了黛玉身上。

第二十三回《西厢记妙词通戏语　牡丹亭艳曲警芳心》中就有"宝玉一回头，却是林黛玉来了，肩上担着花锄，锄上挂着花囊，手内拿着花帚"，可见黛玉葬花并非兴之所至、偶尔为之。今天的读者处在一个快节奏的生活状态里，看葬花这种行为未免觉得矫情，温和点的大概也会将之目为一种行为艺术。但是返观书中的人物、情境，黛玉是个会等燕子回家才放下帘子的人，她尊重一切的生命、一切美好的事物。她深深地体味并伤悼"红颜弹指老，刹那芳华"。在中国传统中，人生一世，死了至少要装殓，以一口薄棺承载，然后掩埋，不能裸埋，所以传说、戏文中才有那么多卖身葬父的故事。对于落花，唐伯虎敛以锦囊，林黛玉敛以绢袋，都是这个意思。葬花，是对热烈、芳香、短暂的生命的爱敬和悲悯。宝玉说："来把这个花扫起来，撂在那水里。我才撂了好些在那里呢。"林黛玉说："撂在水里不好。你看这里的水干净，只一流出去，有人家的地方脏的臭的混倒，仍旧把花糟蹋了。那畸角上我有一个花冢，如今把他扫了，装在这绢袋里，拿土埋上，日久不过随土化了，岂不干净。""质本洁来还洁去，强于污淖陷渠沟"，可见她对"干净"的追求比宝玉要彻底，对生命的尊重和怜惜也比宝玉要彻底。

黛玉作《葬花吟》，宝玉听得在山坡上恸倒，因为他听懂了其中关于美好事物终将归于尘土的大悲哀，"最是人间留不住，朱颜辞镜花辞树"，这是"物哀"，是"色空"，也是"无常"。宝玉这个来人间历劫的青埂峰下顽石，注定要目睹青春、生命和一切美好事物的毁灭，直到那"白茫茫一片真干净"的结局。他心领神会却难以言传的巨大不幸预感，被颦儿以诗歌咏唱出来了，试问他如何能不大悲大恸？如何能不视颦儿为灵魂知己？鲁迅在《中国小说史略》中说："悲凉之雾，遍被华林，呼吸而领会之者，唯宝玉一人而已。""呼吸而领会之者"何止宝玉一人呀，至少要加上黛玉吧。

在这赏花的良辰美景中，女二宝钗是怎么度过的呢？

书中说："且说宝钗、迎春、探春、惜春、李纨、凤姐等并大姐儿、香菱与众丫鬟们，都在园里玩耍，独不见黛玉，迎春因说道：'林妹妹怎么不见？好个懒丫头，这会子难道还睡觉不成？'宝钗道：'你们等着，等我去闹了他来。'说着，便撂下众人，一直往潇湘馆来……忽然抬头见宝玉进去了，宝钗便站住，低头想了一想……想毕，抽身回来，刚要寻别的姊妹去……"

如果说黛玉是习惯"solo"的，那么宝钗就是习惯"social"的。有人说，宝钗不是在串门，就是在去串门的路上，非常准确。晴雯就曾背后"diss"宝钗："有事没事跑了来坐着，叫我们半夜三更的不得睡觉！"书中更有午睡时分来怡红院串门，坐在熟睡的宝玉床边绣鸳鸯的名场面。黛玉与她"金兰契互剖金兰语"，宝钗的反应是："只愁我人人跟前失于应候罢了。"从第二十七回这段叙述也能看出，宝钗是非常合群的，一大早和姐妹们一起赏花，看见黛玉缺席就要去"闹了他来"，发现去黛玉处时机不对马上就又要回到姐妹们中去。与黛玉的孤独相反，这是一个很少独处的人，她的绝大部分时间都花在了社交上，花在了赢取好人缘、好名声上。

宝钗的扑蝶，是"忽见面前一双玉色蝴蝶，大如团扇，一上一下，迎风翩跹，十分有趣。宝钗意欲扑了来玩耍，遂向袖中取出扇子来，向草地下来扑"。曹公善于春秋笔法，把宝钗的"戏彩蝶"和黛玉的"泣残红"放在同一章里，一个是如此地爱惜、尊重生命，对于植物的凋零也要伤悼；另一个是看见蝴蝶这样美丽鲜活的生命却"意欲扑了来玩耍"。不知道扑了来是要捏在手指间看其挣扎呢，还是用线系上看其扑腾呢，或是装进笼子里长久地欣赏其色彩和形态呢？无论哪种都是残忍的，缺乏对待生命的平等和尊重。对蝴蝶来说，意味着生命的自由没有了，下一步很可能连生命也没有了。你能想象黛玉对潇湘馆的燕子"意欲扑了来玩耍"吗？如此一对比，两位女主人公的生命观、价值观境界高下立现。

还好，蝴蝶最终没有扑到，曹公不忍让这一幕真实发生。这对蝴蝶的使命是把宝钗引到滴翠亭外，这是一座"四面雕镂槅子糊着纸"的亭子，"宝钗在亭外听见说话，便煞住脚往里细听"。亭子里，丫鬟小红和坠儿正在说着悄悄话，说的是小红遗失了帕子，被贾芸捡到，托坠儿送归原主并索要谢礼的事。在过去，这就算男女私相授受了。那一刻宝钗的内心活动是："怪道从古至今那些奸淫狗盗的人，心机都不错，这一开了，见我在这里,他们岂不臊了?况且说话的语音,大似宝玉房里的小红。他素昔眼空心大,是个头等刁钻古怪的丫头,今儿我听了他的短儿,'人急造反,狗急跳墙',不但生事,而且我还没趣。如今便赶着躲了料也躲不及,少不得要使个'金蝉脱壳'的法子。"这是非常严重的指控了,宝钗真是个道德感爆棚的姑娘。小红毕竟还没做任何真正出格的事,何至于用上"奸淫狗盗"?对比《嫌隙人有心生嫌隙　鸳鸯女无意遇鸳鸯》一回,鸳鸯那可是真撞见司棋偷情了,却是何等的大气、体谅。可见黛玉的刻薄只是在嘴上,但宝钗的刻薄是在心里,之所以言语温和是她以淑女道德自我规范的结果。

接下来宝钗便笑着叫道:"颦儿,我看你往那里藏!"还演技在线地演了一出亭内寻人,结结实实地嫁祸给了林黛玉。这就是全书中最让黛玉粉丝意难平的一幕,宝钗也因此坐实了心机深沉、"腹黑"的人设。对此我以为,这件事里,宝钗确实自私了一些,以及至少在"嫁祸"事件发生前后的那段时间,黛玉应该是这个园子里她最不喜欢的人——下意识的反应,才是最真实的。不过,也犯不上对宝钗的这个行为进行多么严重的道德挞伐,她只是太想自保了,就小小地坑了黛玉一把,是那种可以理解的、普通人的自私和坏,是普通人皮袍下难免藏着的"小"。毕竟她后来也没有利用这件事,比如把这个秘密技巧地传出去,让小红、贾芸和坠儿从此仇恨黛玉——就像一个坏人会做的那样。

但是如果反过来,是黛玉处在宝钗的情境里,黛玉会使用如宝钗那样的心机和手段吗?才不会。尴尬人才难免尴尬事,黛玉就不会"煞住脚往里细听"。黛玉是一个灵魂洁白的人，心思也非常单纯。相对于宝钗过于关注自己的"人设"和社交名声，黛玉关注的始终是内心世界的丰盈，关注的是诗、是爱、是美，至于那什么和什么，根本不在她视野里好吧。她大概只会担着她的花锄，吟诵着《葬花吟》，飘然走过吧。

心 祭

少年时读《红楼梦》,诧异于林如海逝世、黛玉奔丧,书中只说"贾母定要贾琏送他去,仍叫带回来",无一字写及敏感忧郁的黛玉经历丧母重又失怙,该是怎样摧折心肝地悲痛。后来渐渐理解,一方面,曹公节制笔墨,所谓"字越少,事越大",失去至亲这样的人间巨痛,因人人心中有,反倒不用渲染;另一方面,与亲人死别的伤痛,会在日后漫长的岁月中慢慢渗出,向天长日久中弥散,可不必着急抒发。林妹妹双泪不干,纵然是为宝玉还泪,但其中必定也有一部分是为思念双亲而流,多少次,黛玉自伤身世,"作司马牛之叹",便是对其思念过世慈亲的不写之写吧。

关于缅怀逝者,《红楼梦》里着墨最多的人当属宝玉。他记着好友秦钟的墓,"拉了柳湘莲到厅侧小书房中坐下,问他这几日可到秦钟的坟上去了";他记着"我不杀伯仁,伯仁因我而死"的金钏的生日和王熙凤是同一天,于是在这个举家热闹的日子里，一身素衣，悄悄出城，在井边祭奠金钏；他为晴雯之死而伤痛，写了一篇惊天地泣鬼神的《芙蓉女儿诔》祭奠她。他怀念的这些人，身份都不如他高，宝玉的眼里很少有阶级、身份这些东西，他只知道这些人是他的朋友，他看重的是一个"情"字。这一点，如果对比宝钗对金钏之死的态度就能看得很清楚。

王夫人的大丫鬟金钏因为和宝玉调情，被王夫人打了一巴掌、撵出府去，金钏羞愤投井。吃斋念佛的王夫人为此愧疚，宝钗的反应是："姨娘是慈善人，固然是这么想。据我看来，他并不是赌气投井，多半他下去住着，或是在井跟前憨顽，失了脚掉下去的。他在上头拘束惯了，这一出去，自然要到各处去顽顽逛逛。岂有这样大气的理。纵然有这样大气，也不过是个糊涂人，也不为可惜。"这段话，哪怕考虑到她是为了安慰王夫人而故意说的，也无可否认地弥漫着上位者的冷血与傲慢：主子就是主子，奴才就是奴才。主子做什么都是没有错的，奴才如果以死抗议就是愚蠢、大逆不道、丝毫不值得同情。因为这段话，哪怕宝钗在大观园做了多少送温暖的好事，比如给邢岫烟赎回典当出去的衣服、给黛玉送燕窝、帮湘云张罗螃蟹宴、送伴手礼连赵姨娘这种讨人嫌的角色也不落下……也仍是透着骨子里的冷，评价她的，也仍是一句"任是无情也动人"的签文。

关于祭奠的仪式，宝玉认为："这纸钱原是后人异端，不是孔子遗训。以后逢时按节，只备一个炉，到日随便焚香，一心诚虔，就可感格了。愚人原不知，无论神佛死人，必要分出等例，各式各例的。殊不知只一'诚心'二字为主。即值仓皇流离之日，虽连香亦无，随便有土有草，只以洁净，便可为祭，不独死者享祭,便是神鬼也来享的。你瞧瞧我那案上,只设一炉,不论日期,时常焚香。他们皆不知原故,我心里却各有所因。随便有清茶便供一钟茶,有新水就供一盏水,或有鲜花,或有鲜果,甚至荤羹腥菜,只要心诚意洁,便是佛也都可来享,所以说,只在敬不在虚名。"

无独有偶,大观园里看《荆钗记》,黛玉对宝钗说:"这王十朋也不通的很,不管在那里祭一祭罢了,必定跑到江边子上来作什么!俗语说'睹物思人',天下的水总归一源,不拘那里的水舀一碗看着哭去,也就尽情了。"宝钗不答。黛玉的话,固然是对宝玉出城祭奠金钏、家宴迟到的揶揄,但可见关于祭奠方式,黛玉与宝玉一致的观念都是:心诚则灵,不拘形式。黛玉无疑更加彻底,境界比宝玉更高。宝钗的冷淡,其实就显现出与二人观念的分野。

在第五十八回《杏子阴假凤泣虚凰 茜纱窗真情揆痴理》中,通过芳官之口,讲述了藕官、药官、蕊官三个女孩子之间的奇异感情。书中名字叫"X官"的女孩子都是贾府预备元妃省亲时买来的梨园子弟,其中藕官是小生,药官是小旦,两人把戏里的感情移到了现实生活中。"药"的释义是莲子,所以藕官最爱的是药官。后来药官逝世,藕官虽然痛苦万分,但不久后补了小旦蕊官,藕官对她也是"一般的温柔体贴"。对此,藕官解释:"比如男子丧了妻,或有必当续弦者,也必要续弦为是。便只是不把死的丢过不提,便是情深意重了。若一味因死的不续,孤守一世,妨了大节,也不是理,死者反不安了。"而宝玉对此的态度是:"听说了这篇呆话,独合了他的呆性,不觉又是欢喜,又是悲叹,又称奇道绝,说:'天既生这样人,又何用我这须眉浊物玷辱世界。'"

曹雪芹写《红楼梦》,开篇第五回《游幻境指迷十二钗 饮仙醪曲演红楼梦》就点明大结局,之后一路草蛇灰线,不断预示人物的命运走向。芳官和宝玉有这段对话时,这批唱戏的小姑娘们早已被分派给宝玉和各位姑娘们,(心里住着药官的)藕官是黛玉的丫鬟,后补的蕊官是宝钗的丫鬟,讲出这故事的芳官则是宝玉的丫鬟。前八十回没有闲笔,藕官、药官、蕊官三个人的关系和命运,分明就指向宝、黛、钗三人。据此及很多线索一起,曹雪芹的后四十回故事大致应该是:宝玉和黛玉订婚("三月香巢初累成"),但宝玉因为避祸之类的原因,在一个秋天离家远行(林黛玉《代别离·秋窗风雨夕》),黛玉为他日夜悬心、流泪(想眼中能有多少泪珠儿,怎经得秋流到冬,经春流到夏),直到泪尽而逝。宝玉回来,一边伤心欲绝,一边为了"无妨大节"、不使"死者不安"而与宝钗完婚。婚后他对她也如藕官对蕊官一般的"温柔体贴",但"空对着山中高士晶莹雪,终不忘世外仙姝寂寞林""纵使举案齐眉,到底意难平"。

黛玉所谓"把我一生所有的眼泪还他",就是以一生的全部情感相托付,是无怨无悔,是生死相许,是"春蚕到死丝方尽,蜡炬成灰泪始干"。高鹗续书中的"林黛玉焚稿断痴情",让黛玉带着对宝玉的误会、怨恨,不甘地、愤懑地离世,这是对黛玉一生痴情的彻底否定,与"还泪"说背道而驰。

至于黛玉死后宝玉如何怀念她,早在她生时,宝玉便做了一篇情文并茂的《芙蓉女儿诔》,明面上是祭晴雯,实际上是祭黛玉。且不说"宝玉祭完了晴雯，只听花影中有人声，倒唬了一跳。走出来细看，不是别人，却是林黛玉，满面含笑……"；且不说宝玉念出"'茜纱窗下，我本无缘；黄土垄中，卿何薄命。'黛玉听了，忡然变色，心中虽有无限的狐疑乱拟，外面却不肯露出，反连忙含笑点头称妙"；亦不说在《寿怡红群芳开夜宴　死金丹独艳理亲丧》一回中，黛玉抽到的花名就是芙蓉，仅看这诔文的场面铺陈：

搴烟萝而为步幛，列枪蒲而森行伍。警柳眼之贪眠，释莲心之味苦。素女约于桂岩，宓妃迎于兰渚。弄玉吹笙，寒簧击敔。征嵩岳之妃，启骊山之姥。龟呈洛浦之灵，兽作咸池之舞。潜赤水兮龙吟，集珠林兮凤翥。爰格爰诚，匪簠匪筥。发轫乎霞城，返旌乎玄圃。既显微而若通，复氤氲而倏阻。离合兮烟云，空蒙兮雾雨。尘霾敛兮星高，溪山丽兮月午。

这阵势，分明就是绛珠仙子回归太虚幻境，湘夫人驾返九天啊。

关于黛玉死后，宝玉如何悲痛、如何缅怀，另有第二十八回，宝玉唱了一支《红豆曲》：

滴不尽相思血泪抛红豆，开不完春柳春花满画楼。睡不稳纱窗风雨黄昏后，忘不了新愁与旧愁。咽不下玉粒金莼噎满喉；照不见菱花镜里形容瘦。展不开的眉头,捱不明的更漏。呀!恰便似遮不住的青山隐隐,流不断的绿水悠悠。

可见黛玉离去后,贾府应还有回光返照般短暂的富贵安稳时光,让宝玉在锦绣丛中思念黛玉,之后大概便是忽喇喇似大厦倾的大灾难,荣宁二府一朝没落,失去至爱、失去一切的宝玉悬崖撒手、遁入空门。红楼一梦,"落了片白茫茫大地真干净"。

性本爱诗词

人生的某一阶段,我曾终日拥一册闲书,很多时候却只是枯坐发呆,眼见昔日同伴渐行渐远,我的人生却仿佛停顿下来了。不知这样茫然无措的日子还要持续多久,更不知前方会是柳暗花明,还是会永沉黑海。看着朝晖夕阴、雾霭山岚,脑中盘桓的常是古人的句子:

众鸟高飞尽,孤云独去闲。相看两不厌,唯有敬亭山。

旷野莽茫茫,乡山在何处。孤烟村际起,归雁天边去。

木末芙蓉花,山中发红萼。涧户寂无人,纷纷开且落。

我相信我真的懂了诗人的寂寞,懂了他们内心的平静与波澜,那一刻,我是可以与古人心领神会的。后来,我终于走出了那段我称之为"失群"的时光,感谢李白、王维、孟浩然们,没有他们的陪伴,那些日子一定更加黑暗、漫长。

我与诗词结缘,得益于我那颇具文青气质的父亲。他对我的识字教育便是以古诗为单位,至今仍记得他每次将一首诗工楷写在白纸上教我诵读。就这样,认得的字足以看报纸时,我背的诗也有上百首了。放在二十世纪八十年代的家庭教育中,这是不太寻常的。较之诗,我与词相遇较晚。五年级的暑假,父亲带回一本《宋词百首钢笔字帖》给我习字,于是那个夏天,在电风扇吹出的不太凉的风里,我一遍遍写"驿外断桥边,寂寞开无主。已是黄昏独自愁,更著风和雨""庭院深深深几许?杨柳堆烟,帘幕无重数""二十四桥仍在,波心荡、冷月无声。念桥边红药,年年知为谁生"……结果字没练成,字帖内容倒是记下了。这以后苏轼、李清照、秦观、柳永等人的作品赏析集,手边能找到的都读了,词的储备很快就与诗等量齐观了。后来看到"口齿噙香""含英咀华"这类词,一下就意会了:这不就是我读诗词时的感觉嘛。

人生总有一些冗长无聊而又不得不去的课、会议,在智能手机时代之前,我的应对方式是在笔记本上随意默写一首首诗词,如果会足够长,就拣长的默写,记不起来的句子就省略,一首《春江花月夜》、一首《西洲曲》,不行再一首《琵琶行》、一阕《莺啼序》……时间过得飞快,再长的会都结束了。默写的时候,穿过时空的尘沙,只有我与古人凝神相对,自成一个小宇宙,会场的声音仿佛能量幕墙之外的市声,嘤嘤嗡嗡,无足轻重。不知台上的主讲人见我一直埋头做笔记,会不会认为我是个难得的好听众。有时我想,如果我没有读过那些诗词,那种时候,我又会在纸上写些什么?答案是无论写什么,都不如默写诗词。

诗词是讲究早期缘分的。一个从小不太接触诗词的人,很难想象成年后会有那个时间和心境去细读诗词。即使真有这样奇妙的际遇,但由于记忆力的因素,一个人能够下意识脱口而出的,基本也都是早年熟记的句子。正是那些早年读过的诗词,无意中开启了我性喜辞章之美的基因密码,后来完全不用选择地,我读了中文专业,硕士还读了古典文学方向,并在可以预见的余生都无法停止对文字的痴迷。不过如果你问我,读诗词到底有什么用,我真的无法回答你,因为在这个现实而功利的时代,诗词似乎确实是无用的。我可以回答的是,有一种"用"叫"无用之用"。比如我一直觉得下面这阕词是人类自有文字以来最悲伤的文字之一:

木兰花

晓妆初了明肌雪,春殿嫔娥鱼贯列。笙箫吹断水云间,重按霓裳歌遍彻。临春谁更飘香屑?醉拍阑干情味切。归时休放烛光红,待踏马蹄清夜月。

敏感纤细、文采风流的他,曾经拥有一个烟雨江南的国家,拥有这世间最好、最繁华的一切,然后呢?昨日种种如梦,他竟落得连一身都难以保全,更不要说江山、美人、雕栏玉砌、春花秋月了。还有比这更深重的悲剧吗?简直比贾宝玉"落了片白茫茫大地真干净"还要惨啊。人世间自有大悲哀,天地无情,以万物为刍狗,个体的人在历史、时间中渺小如尘埃,而普通人所有的情绪——委屈、寂寞、悲伤、欢喜……都能在漫长历史中找到同侪。总有一首诗词,藏在岁月发黄的册页里,等着与你相遇、给你慰藉、令你粲然一笑。当人生中有了诗词,失意时,想想陶潜、杜甫、苏轼、刘禹锡,境界可以阔大,精神可以高昂;得意时,也知道天地高广,"人事有代谢,往来成古今",没有什么是永恒的,这样一来便能淡定从容许多。

王小波说:"一个人只拥有此生此世是不够的,他还应该拥有诗意的世界。"当人生中有了诗词,面对秋光萧瑟,你看到"秋阴不散霜飞晚,留得枯荷听雨声";面对青春流逝,你看到"最是人间留不住,朱颜辞镜花辞树";面对人生而不平等,你看到"郁郁涧底松,离离山上苗";遇到高洁的人遭遇坎坷,你看到"惊风乱飐芙蓉水,密雨斜侵薜荔墙";遇到有人夫妻互相算计,你看到"美人才调太玲珑,我亦阴符满腹中";遇到有人拥有许多却不快乐,你看到"虽则如云,匪我思存"。借了诗人之眼,看世间万物便飘逸灵动起来。

有段时间诗词大会大火,有一个段子也跟着火了:读书和不读书有什么不一样呢?答案是:读了书,看到晚霞与归鸟,你会说"落霞与孤鹜齐飞,秋水共长天一色",如果不读呢,你就只会说"好多鸟"。有人说:"会说前者也没什么了不起,那也不代表你能原创。"好吧,即使从实用主义的角度讲,又有什么样的创作不需要最初的学习、积累、模仿呢?少年人的头脑是一张易染色的白纸,不浸染这种颜色,它就会浸染那种颜色,那么是浸染"两只蝴蝶""老鼠爱大米"好呢，还是浸染"袅袅兮秋风，洞庭波兮木叶下"好呢。

当然即使这样，我仍然赞成不是人人都需要学诗词、背诗词。见过一些小时候被填鸭了《唐诗三百首》的，结果未及成年就尽数还给书本了。诗词还是诗词，他还是原来那个他。杨绛的父亲杨荫杭先生在女儿选择大学专业时曾对她说："喜欢的就是性之所近，就是自己最相宜的。"这话极是，性之所近，才去亲近，否则必然是人与诗词两相辜负。

女子的才华与幸福

成年后再回看名著,常常能看出些年少时不曾看出的东西,比如《傲慢与偏见》,帅气多金的贵族达西爱上乡绅之女伊丽莎白,此女有什么特出之处呢?相貌在书中不是最美,但似乎胜在一种叫"内涵"的东西上:能知人论世,臧否人物不乏洞见和惊人之语,虽然看走眼的时候也不少。《简·爱》,女主角相貌更加平凡,但偏偏被骄傲、高冷的庄园主罗切斯特爱上,最终嫁入豪门。此女也是内涵派,"你以为我穷、不漂亮,就没有感情吗?如果上帝赐给我美貌和财富,我也会让你难于离开我的!就像我现在难于离开你一样"。这段经典台词不知赚了一代又一代女文青多少眼泪。到了《蝴蝶梦》,女主角似乎连内涵也欠奉,平凡得如一粒尘埃,但庄园主迈克西姆就是不由分说娶了她,可能的原因竟是被美貌却不贞的已故妻子折腾惨了,宁愿娶个安静平庸的女子以求得后半生的平静。瞧这幸运。瞧这女主角光环。

转念一想,这不就是"霸道总裁爱上我"模式吗?这不就是玛丽苏情节吗？原来这些东西是打从这些世界级大师处滥觞的呀。原来韩剧和某些国产剧的滥俗桥段，这些女性大师们才是始作俑者呀。瞬间拉近了大师与我等凡人的距离。有趣的是，《简·爱》和《蝴蝶梦》电影的女主角都是琼·芳登，一个美到不可方物的女演员。当小说里容貌平平的灰姑娘上了大荧幕，到了必须跟读者、观众面对面的时刻，必须是光彩照人的，不然这爱情没有说服力，毕竟，现实中霸道总裁爱上的可都是美女，并且女主不美的话，观众会连花钱买电影票的兴趣都没有。什么？你说不美而有内涵呢？呵呵。

古今中外美女获得令人羡慕的爱情、婚姻的不胜枚举，而才女呢，算上得到过又失去的：班婕妤？李清照？波伏瓦？乔治桑？杜拉斯？杨绛？（这里还就别扯上林徽因了，她显然应该归属于美女那类）好像可以数得过来。并且，以上才女们长得本来也不丑好吗？要长成如花那样你猜呢？无盐皇后、黄月英夫人那都是传说啊。这始终是个看脸的世界，这点上还属男性作家们真诚、不骗人。《聊斋志异》里的女主身份千变万化：仙女、风尘女、良家女、女鬼、女妖……唯一不变的特质是貌美；曹雪芹笔下的正册女子更是个个美到极致、美出典范；金庸作品里也是一片百媚千红，唯一不美而有才华的女主程灵素，至死也没有获得心上人的爱情。

有种流行的说法：女子如书，封面决定别人会不会打开来看，内容决定要不要看下去。无论如何封面是第一重要的，并且很多时候，封面就是全部。不造梦、说实话的张爱玲说："没有一个女子是因为她的灵魂美丽而被爱的。""男人憧憬着一个女人的身体的时候，就关心到她的灵魂，自己骗自己说是爱上了她的灵魂。"够清醒、够透彻、够沉痛。张爱玲还说："正经女人都恨狐狸精，但若有机会尝试一把，没有一个不跃跃欲试的。"而想做狐狸精、想要烟视媚行，首先——你得美吧？

这么说，女人读书上进，让自己变得有内涵有才华，是不是就没有意义了？意义还是有的。所谓"腹有诗书气自华"，亦舒说："读书的唯一用途是增加气质，世上确有气质这回事。"基本上一个人有内涵到一定程度，就会在气质上体现出来，无形中可以提升颜值。网络语言中有"整容式演技"，现实中大概也有"整容式气质"。美如西施，在被送去吴国之前也要先受栽培三年，为什么？接受艺术熏陶、涵养气质呀。养移体、居移气，内涵在一定程度上可以转化为美貌。

说来说去似乎总在追求美貌、取悦男性的主题中绕，要从这里出发探讨女性的自由和幸福，无异于小狗原地转圈子想要追上自己的尾巴。其实吧，读书，培养内涵、才华这件事，对女性的终极意义可能恰恰在于：在这个过程中获得足够的智慧、力量和勇气，跳出男权世界为女性划下的圈子，不再以得到男性的欣赏和喜爱为人生追求，做自给自足、内心充盈的自己，"我自盛开，蝴蝶爱来不来"，并能承担起这么做可能的代价，比如——孤独。可以结婚，仅仅是因为和他在一起更快乐，但是离开他，也还是完整的人生；可以生孩子，仅仅是出于对新生命的挚爱，非关一切其他。除了自己，对谁都不取悦；除了自然和艺术，对什么都不低头。

非常难。前路漫漫。可是，女性若不解放自己，没有人能解放你。

关于《你好，之华》

谈谈电影吧。

这部电影不太老也不太新。二〇一八年十一月，拍过堪称一代人青春记忆的《情书》的岩井俊二来了，带着他执导的第一部中国电影《你好，之华》。

电影从之南的葬礼开始。葬礼后，周迅扮演的之华拿着姐姐之南留下的初中同学聚会邀请函去参加了聚会，被当成了之南，并遇到了她少女时代曾深深喜欢的尹川，开始以之南的名义与后者通信。尹川的回信寄到了之华父母家，住在外婆家的之南女儿睦睦与之华女儿飒然收到了，便以之南的名义回信。尹川与之南、之华三人的青春往事便在这些信中渐渐浮现，如同显影逐渐清晰，如同干花重新鲜活。三十年前，之华先认识转校生尹川，尹川却喜欢上了校花之南。大学里之南不顾一切地爱上学校食堂的厨子——胡歌扮演的张超，离开了男友尹川，却在与张超婚后一次次被家暴，终至抑郁自杀。

在电影的结尾，作家尹川带着对之南的无限怀念，重新找到了写作的意义和灵感，之华、睦睦也渐渐与之南、与往事告别，开始平静的生活。之南、之华、尹川们的青春逝去了，睦睦、飒然们的青春正在展开。"逝者如斯夫，不舍昼夜"，而未来正悄然到来。

南华经，《庄子》的别名，应该是之南、之华姐妹名字的由来。在这部电影里，之南、之华分别代表两种截然不同的人生。当得起"灼灼其华"的，反倒是姐姐之南，而不是名字中有"华"的妹妹。之南完美、骄傲如凌霄花，却在经历风霜后过早地凋谢。之华平凡如勿忘我——她是一名图书管理员，她的丈夫是一名程序员，她在人前讲话会紧张，她的人生从不曾有大起，因此也不会有大落。她从小生活在之南的阴影里，不被人重视，但也因此学会了接受平凡和失意，变得更有韧性。所以在被喜欢的男孩尹川当面拒绝后，小小的她也只是大哭了一场而已。她从不曾在高处，所以不会有叛逆的动力——像之南那样做出天之骄子嫁给厨子的选择，是需要一点优等生的叛逆作为动力的。即使之南的命运落在她身上——假设遭遇家暴的是之华，她大概也不会像之南那样万念俱灰，觉得尊严、希望甚至整个人生全都被毁了。

但周迅演的之华并非一个干枯乏味的女子。她会为约会老教授的婆婆保守秘密、传递情书，她会在重逢后与小时候喜欢过的尹川通信，只是通信，并非想要改变一些什么，不然不会不留地址。她会在从事一份平凡工作的同时不忘给指甲涂上一抹蔚蓝色——在这部电影里，大多数时候之华的衣服都是蔚蓝色，那是勿忘我的颜色,也是天空的颜色。这个安静淡然的女子,内心自有一方清湛的蓝天。

尹川去他们曾经的中学找寻过去的记忆,恍惚中居然看到两个和当年的之南、之华一模一样的少女,一时间影院里的观众和尹川一同陷入恍惚,几乎以为时光倒流。其实那不过是睦睦与飒然。睦睦认出了尹川。当她侃侃地说出自己读过尹川的小说《之南》以及他写给她妈妈所有的信,知道妈妈、小姨和尹川的故事时,一旁的飒然则是一脸的茫然与愕然。一个是心思清明、口齿伶俐的优等女生,一个是混沌善良、对周围世事懵然无知的纯朴女孩。令人想起多年前,对尹川有好感的一对姐妹。之南会借着"你作文好"向尹川请教毕业典礼演讲词;而之华只会藏起尹川给姐姐的情书,飞蛾扑火般地去向他表白。同样是青春,之南是聪明小孩那种体面、从容的青春;而之华是莽撞而一腔孤勇的青春。后者更令人心疼,因为更像我们大多数人的青春。

睦睦对尹川说:"如果你是我爸爸就好了。在那些日子里,我一直觉得总有一天,你会来带走妈妈和我。"无论尹川听了这话会怎么想,荧幕前的我失笑了。人们的愿望中有着多少不切实际的幻想,有着多少误会呀。假如之南真与尹川结婚,会比嫁给张超好些,这是一定的,至少尹川应该不会打她。但是又能好到哪里去呢?尹川只是一个只写过一本书的落魄作家。可在小女孩睦睦眼中,作家尹川叔叔却强大如至尊宝,会驾着五彩祥云来将她和妈妈从苦难中拯救出去。聪明如之南,偏偏会犯下最致命的错误;聪明如睦睦,也会错误地寄希望于不可能的拯救。可见人们活着,是多么容易误入歧途,又是多么需要虚幻的希望啊。

少年时代，关于未来我们会有许多远大的期许，对自己的，对朋友的，比如觉得自己会有不平凡的人生，觉得那个作文好的男生会成为大作家。然而现实中我们中的绝大多数，会像之华一样拥有平淡日常的人生。优秀的之南死于难以接受自己的人生怎么就变成了眼前残破的样子。张爱玲说："生命是一袭华美的袍，爬满了蚤子。"普通人的袍子一定爬满了蚤子，却并不华美。而当我们一早习惯了破损与缺憾，便不会如之南那样痛彻心扉地失望。

想起《红楼梦》里的一首诗："一代倾城逐浪花，吴宫空自忆儿家。效颦莫笑东村女，头白溪边尚浣纱。"之华不曾效颦，但在她的成长过程中，很可能曾希望自己能像之南那样聪明、那样美。然而终于没有。然而美丽的之南消失在如流的岁月中，平凡的之华却仍然在这里，带着回忆和希望走下去，一如我们每一个人。

周公子的《如懿传》

看《如懿传》,一半以上是为了看周迅。

不过,还是先说说剧中其他人吧。董洁,十多年过去,她的人生也如同一部狗血言情剧,经过那些撕扯,再美的容颜也不复旧时。《金粉世家》里手托一盆白百合,蓝衣黑裙,不染纤尘的她是只能留在人们记忆中了。尽管这样,董洁在剧中一众美人中仍然是出挑的,与周迅相比,又胜在年轻。总之作为"C位"上的皇后,她的美貌很镇得住场子。不仅如此,董洁的样子仍有浓重的"姑娘气",眸底有种小女孩怯生生却强作镇定的神情,令我想起杨绛笔下的姚宓:"她凭借朴素沉静,装出一副老实持重的样儿,其实是小女孩子谨谨慎慎地学做大人,怕人注意,怕人触犯,怕人识破她只是个娇嫩的女孩子。"因为董洁的颜、董洁的神情气质,即使她扮演的富察氏再怎么伪善、再怎么貌似温良而私心暗藏,很多时候,观众还是会不由自主站在角色的角度,想到中宫皇后的不易为,叹息那个叫富察·琅嬅的女子为稳固后位、光大母族荣耀而殚精竭虑、左支右绌,终于机关算尽。我想,这大概就是演员本身的魅力,这就叫作"我见犹怜"吧。《红楼梦》里说袭人"不觉将素日想着后来争荣夸耀之心尽皆灰了",也许这也是富察氏思虑成疾、病入膏肓时的心情。

辛芷蕾扮演的嘉妃,前三分之一的剧集中专负责架桥拨火。大多数时候她都是一种讥诮、嘲讽的语调,嘴角一抹"看你实在太蠢,忍不住点醒你"的笑,令人奇怪居然没人想要"削"她,包括鲁莽、奶凶的贵妃高晞月在内。一面是心机深沉、手段狠辣的宠妃,一面是被迫和亲、内心深藏着对本国王爷忠贞不渝的爱的可怜女子,这就让嘉妃这个人物有了层次,也有了温度。不像另一个狠毒的角色卫嬿婉,后者就像某种人工智能,从不懂得什么是爱,唯一的程序设定是向上爬。

胡可的纯妃在深宫中,大多数时候都是存在感极低的,无论容貌还是智商。苏东坡有句诗"惟愿孩儿愚且鲁,无灾无难到公卿"。在职场上,资质平平的人只要来得够早、坚持得够久,随着年资和业绩积累,自然也会有一席之地。如果恰巧爱扑腾的聪明人都把自己扑腾死了,普通人甚至可能分到股份、成为股东。纯妃也颇有些自知之明,一直走着温柔和蔼、谦和隐忍的路线,加上运气不错,生了几个孩子,以她的资质,算混得极好,已经分到公司股份了。她一辈子栽的最大的跟头,就是富察皇后死后,被人奉承到脑子发热的她以为自己能当上皇后,于是举止就大大地不对了。结果是,她被人干脆利落地收拾了,两个儿子也付出了惨重的代价。可见,权力的游戏只是聪明人的游戏,普通人自有普通人的福气,认识自己、不被忽悠、不膨胀是很重要的。

　　张钧甯的海兰,她的美丽,她的沉静,她被逼到绝境后的小宇宙爆发,从此脱胎换骨、战斗力爆表,这些都令人无话可说。值得一说的倒是,从《甄嬛传》到《如懿传》,从沈眉庄到海兰,流潋紫似乎特别重视女人间肝胆相照的情义,觉得那比男女情爱要可靠得多,这多半还是因为在她眼里,后者实在太脆弱、不值一哂吧。

　　在这个剧里,霍建华的乾隆是一种"不自觉"的渣男。是的,渣男分自觉的和不自觉的。前者类似于拆白党、"PUA",我渣我知道,我是流氓我怕谁。后者不但不认为自己渣,甚至自觉很深情款款呢。可以想象对后期不合作的如懿,乾隆心里一定是这样想的:六宫嫔妃里,我始终待你与其他人不同,无奈将你打入冷宫,也暗中安排人保护你,且三年后又将你迎了回来,后来更是力排众议将你扶上后位,可你为什么就这么轴、这么不识抬举?他全然不会想到在如懿心目中,事情可能是这样的:我要的是绝境中不会放开我的一双手,是尊重,是信任,是爱。而你,却一次次怀疑我,一次次在我陷入危险时推开我,一次次移情别恋,一次次独断蛮横。在我俩之间,你负责生杀予夺,而我只能被动接受。这样不自觉的渣男,更具隐蔽性和欺骗性,杀伤力也更大。爱过他的女子如富察皇后、意欢,到最后无一不是伤心弃世。如懿爱得更深、走得更远,所以用了几乎半生的时间,才一点点看透他,一点点把一颗心凉透。

　　皇宫里的女子,别人谋生,如懿谋爱。别人是来上班的,如懿是来谈恋爱的。剧中另有一位谋爱的女子叶赫那拉·意欢,她是如懿的影子，也提早一步预示了如懿的悲剧结局。对最凉薄的人期待爱情，对最高高在上的人期待平等与尊重，结局其实一早就已注定。如懿更像一个穿越回古代，具有女性意识的现代女子。她与乾隆的对话始终是错位的，如懿要一位心灵相通的丈夫，而皇帝要一个恭顺得体的皇后，感情就在这样的错位中慢慢消耗殆尽。

剧中富察皇后曾说："如果有一天我与皇上仅剩下这一点点联系（指夫妻的名分），我也只能紧紧抓住。"这就是如懿与她最大的区别。"我要的从来就是情分，不是位分。"这是如懿。"如果你给我的和给别人的是一样的，那我就不要了。"这是三毛，也是如懿。

在我们的文化里，如懿是一个不折不扣的"loser"。其实她要保持"winner"地位很容易，像后宫的其他妃嫔一样，把皇帝当老板，把做皇后当成一份工作就行了。皇后不仅是皇帝的正妻，更是一个政治身份，废后需要非常强大的理由，对皇家的颜面损伤也是了不得的。所以当了皇后的如懿只要按时打卡，不犯大错，皇帝还真炒不掉她，最差也得与她维持表面的合同关系。

但如懿不是能做到虚与委蛇的女子。

假作真时真亦假，无为有处有还无。天然的东西总是自带"瑕疵"。最真的爱，看上去像是不爱。男人们不懂这些，总希望女人不嫉妒、不别扭、不纠结，但他们不知道，能做到这些的，不过是因为不爱，不过是以对待工作的态度对待这份关系。所以到最后，留在有权男人身边的，多是魏嬿婉们。因为看上去最完美的花，是塑料花。

周迅的如懿有着一张"自由小鸟"的脸，她之所以愿意留在这牢笼般的皇宫里，只是因为这里有她爱的人。当有一天那人变得陌生，爱情没有了，这皇宫于她便只是个囚牢而已。人世已极的荣华，本不曾看在她眼里。她倦了，便悬崖撒手了，像一只断线风筝般掉落下去。

塑造如懿这样视自由为生命的率真女子，不会有比精灵周迅更完美的人选了。因为是周迅，所以我们才能于这部剧中看见一开始看着爱人眼中无限柔情与依恋的如懿，在宫斗的波诡云谲中眼神澄澈如湖又寂寞如雪的如懿，以及后来看清自己的爱情"人间不值得"时满眼疲惫、空茫的如懿。感情的风雨阴晴，都在周迅的眼睛里。《如懿传》是周公子的《如懿传》。

这是一个关于原本相爱的人如何在婚姻中一点点消磨掉爱情变得相看两厌的故事。对《如懿传》的评价怎么可能及得上《甄嬛传》呢？毕竟大多数电视观众喜欢看剧中人起高楼、宴宾客，再代入自己体会一把青云直上的爽感，谁会愿意看楼塌了、体验现实中避之唯恐不及的沦落呢？又有谁愿意面对有的婚姻"因误会而结合，因了解而分手"的残酷真相呢？《如懿传》，其实是一部披着宫斗剧外衣的婚姻纯爱剧。

虽然妈妈不是李焕英

和你妈一起看完了《你好，李焕英》，你们还是没有和解。因为绝大多数母亲都不是李焕英。

且先不说作为一个母亲，李焕英作为一个人，也是人格完整强健的那一类。她自信乐观坚韧，安于平凡的生活，人不堪其忧，她不改其乐。她的性格高度自洽，这令她为人有魅力，一生有挚友。因为她的人生知足常乐，所以穿越回年轻时代后，仍然做与前一次一模一样的选择。因为内心没有遗憾，所以不需要控制女儿以完成自己未竟的心愿。由此，我固执地以为，中年李焕英的演员选得不够好。不是演技的问题，而是如果你也相信相由心生，你就会同意我：她的脸长得有点苦、有点凶。那样性格的李焕英，即使人到中年，即使历经沧桑，仍然会有一张舒展、澄澈、笑容明亮的脸。

在电影里，贾晓玲搞了一张假的名校录取通知书，让母亲在前来庆贺的满堂亲友面前丢了人。这种事，在百分之九十九的中国父母那里是无法轻易过去的，但是李焕英女士居然只用了一小会儿时间就消化了、接受了、原谅了。这个喜剧的情节成功证明了：李焕英真的无条件接受、包容孩子的一切。但也正是这个情节，把李焕英朝着一个凡人难以企及的超人母亲的方向推过去了。身边的朋友如果说对这个角色有点隔膜，多是源自这里。毕竟真实生活中，我们中的很多人并没有得到过无条件的爱。

导演贾玲在极度思念、很多愧疚中，把母亲这个形象理想化了。这样一个理想化了的母亲，可能会让为人父母或为人子女的观众们都感到些许不真实，却不妨碍大家在荧幕前哭成一片。世事艰难，众生皆苦，谁不想要李焕英这样一个无限宽容温暖的母亲呢。车祸的韩剧桥段也好，穿越的俗气架构也好，都不影响我们被电影感动，与贾玲共情、一起痛哭，因为这部剧的内核很真。鲁迅说人类的悲欢并不相通，可是我们都会在读"明月夜，短松冈"时沉默、流泪。说到底，谁的人生还没有点被掩埋至深的"爱别离、求不得"呢。

有人说《你好，李焕英》是导演贾玲出道即巅峰的作品，言下之意，后面难以为继了。我认同这观点的依据，即贾玲一开始就把她人生最痛、最真、最珍贵的东西拿出来了，但还是希望这个判断可以被时间证伪。每个人的人生经历都是一座矿藏，作家、编剧、导演都应该是好矿工。希望贾玲作为导演的创造力能和她在生活中接梗的能力一样好。贾玲是人品好又可爱的好姑娘。"天意怜幽草"，希望她的人生越来越好。

听说贾玲个人凭这部电影可以收益两亿之多，这还是电影上线后不久的数据，相信最后应该还不止这个数字。想起在电影的末尾,贾晓玲开着红色超跑驰骋在崇山峻岭中的盘山公路上,副驾坐着中年李焕英,两人有说有笑,就像一对寻常母女。下一个镜头,副驾空了,回到现实的贾晓玲萧瑟而茫然。

想起元稹的诗:"今日俸钱过十万,与君营奠复营斋。"

苏轼的女人缘

苏轼的女人缘是极好的。尽管他的相貌并不出众：他脸长，"去年一点相思泪，至今流不到腮边"；他络腮胡，"口角几回无觅处，忽闻毛里有声传"。当然以上两句是伪作，是喜欢苏轼的人给他虚构的妹妹苏小妹作的，但也可见苏轼确实长得不算帅。他在杭州为通判时，有一个十二岁的歌女爱慕他，非他不嫁，我们的大诗人人品没得挑，他没有"洛丽塔情节"，只收留她作为侍女，给她一份稳定的工作。后来小萝莉长大了，苏轼终于被她的初心不改所感动，才收了她为侍妾，她就是王朝云。好吧，以上也是八卦，林语堂《苏东坡传》里辟了谣的。真实情况是：朝云是苏轼续弦的妻子王闰之为他买的，也不是歌姬，是到了苏家才学习才艺的。但我同这个八卦的始作俑者一样毫不怀疑，在苏轼的时代，一定有那样的歌女，愿意以身相许、生死追随他。

如果说那个时代，才子的文名打动歌女是常有的事，那么接下来我们聊聊苏轼的超级女粉丝们。

著名的"乌台诗案",苏轼一生最大的劫难,差一点就被杀掉了,皇太后——仁宗的皇后求情都没用。然后太后病重,神宗为给奶奶祈福,要大赦天下。病得昏昏沉沉的太后听了说:"只赦免苏轼一个人就够了。"于是苏轼活了下来,被贬黄州。

一去黄州四年,直到神宗去世、哲宗登基,太后——英宗的皇后摄政,第一时间将苏轼召回,任命为翰林学士知制诰,历任吏部尚书、兵部尚书、礼部尚书。这是个什么概念呢?宋朝的官制共有九级,苏轼原本在第七级,短时间内擢升到第三级——宋朝几乎没有过第一级官员,宰相是第二级,而苏轼之所以没有当宰相,是因为在这个过程中他多次请求外放。

太后薨,哲宗当政,苏轼立马被贬往岭南的惠州,之后又被贬往更远的海南儋州。七年过去了,就在苏轼准备好要埋骨海南的时候,哲宗崩,徽宗登基,又是太后——神宗的皇后摄政,苏轼第一时间被赦免、召回。苏轼曾作词自嘲:

问汝平生功业,黄州惠州儋州。

为什么他这样命途多舛呢?答案简单到俗气:因为被嫉妒。皇帝用膳时,如果半天举箸不下,那一定是在看苏轼的文字。苏轼贬黄州给皇帝上谢表,皇帝看了仍说:"苏轼真是个天才。"士人模仿苏轼的衣着,他日常戴的帽子式样被叫作"子瞻帽"。宫里的伶人插科打诨:"我这个诗人诸位比不了,难道你们看不见我戴的帽子?"皇帝听了,朝苏轼一笑——那伶工正戴着子瞻帽。

在那个没有互联网和电视、老百姓甚至看不到报纸的时代，全民只有一个文学偶像，就是苏子瞻。皇帝也视苏轼为下凡的文曲星。这一切，都让原本自负的文人们自惭形秽，让心怀鬼胎的政客们害怕。而在宋朝，这两类人往往是同一群人。皇帝固然不嫉妒苏轼，奈何有个词叫"聚蚊成雷，积羽沉舟"。

历史已经记住这些可耻的名字："乌台诗案"的主要诽谤者舒亶、李定、王珪；以及一个我们都不愿意在这里看到的名字——沈括，《梦溪笔谈》的作者；导致苏轼被贬惠州、儋州的主要毁谤者章惇——他曾是苏轼前半生的至交好友。

被贬的苏轼没有俸禄，没有官邸。在黄州，太守怜他，把驿亭借给他住，苏轼就在住所东边坡上垦荒种粮、苏夫人采桑养蚕——"东坡"这个号就源于此。在苏轼眼里，住所临皋亭"去江无十步，风涛烟雨，晓夕百变"，他又在荒地边上建了个茅庐"雪堂"，每天往返于临皋亭和雪堂之间，种地、酿酒、打坐、作诗、会朋友，当地太守、学者、高僧、农夫都是他的朋友，他在这里写下了前、后赤壁赋，《念奴娇·赤壁怀古》，注释了《易经》《论语》，发明了东坡肉。

在儋州，当地没有医生、医药，生病以宰牛献祭为医，不产大米，冬天内地商船过不来时，苏轼和当地黎族人一样以吃芋头为生。当地人帮助苏学士在椰林里建起茅舍"槟榔庵"，苏轼在这里采药、行医、制墨、教学生，作了一百二十四首和陶诗，注疏了《尚书》。

莫听穿林打叶声，何妨吟啸且徐行。竹杖芒鞋轻胜马,谁怕?一蓑烟雨任平生。

料峭春风吹酒醒,微冷,山头斜照却相迎。回首向来萧瑟处,归去,也无风雨也无晴。

这阕《定风波》作于黄州。古往今来因贬谪而抑郁的诗人太多了,有几人能如苏轼一般宠辱不惊、闲庭信步呢?

苏轼在各地为官均有德政。徐州太守任上,他兴修水利,抵御黄河泛滥。杭州太守任上,他兴办公立医院、争取赈灾粮款、修筑供水系统、平抑物价、疏通盐道、疏浚西湖。杭州真是全中国最幸运的城市,有赖于前后两位大诗人——白居易、苏轼高远的眼光、高超的审美、杰出的行政能力,西湖才成为今天的西湖,杭州也才成为今天的杭州,所有的杭州人都应该感谢诗人。

说回苏轼。密州太守任上,他收养了三十多个孤儿。哪怕是远贬天涯海角,他也让当时的蛮荒之地海南有了第一位进士。看到百姓因为还不起王安石新政的青苗贷款而入狱、离乡,苏轼不顾宵小环伺,不畏触怒天颜,锲而不舍地上书,终于令朝廷同意免除所有贷款本息。黄州贫穷凋敝,当地人有杀婴习俗,苏轼致信太守,请求官方倡议、富户捐款救济,不知救了多少婴儿的性命。

苏轼最后一次被太后召回的同时,章惇被贬岭南。章惇的儿子怕苏轼回到朝廷进言,报复他父亲,含羞带怯写信给苏轼,希望多少修复两家的关系。苏轼在重病中不忘回信温言抚慰他。对于苏轼六十四岁病逝于常州,我甚至有些庆幸——万一他得享高寿，二十六年后亲眼看见北宋亡国，这对于心系苍生、宅心仁厚的他来说该是多么残酷。

伟大的艺术背后是伟大的人格。秦桧、董其昌的书法，胡兰成的文字再好，也只是匠人之技。我固执地认为，如果说中国历史上有一位诗人，能够身兼李白的超逸才情、杜甫的完美人格，并且还比李杜二人更可亲、有趣，这个人无疑只能是苏轼。

回到八卦。为什么太后们都对苏轼好呢？首先女性不会嫉妒苏轼，她们只会敬慕他、爱惜他。其次也许更重要的是，太后们凭女人的直觉相信，一个章表中渗透着民胞物与情怀的人，一定不会是个坏人，何况他的文采还那样光华熠熠。就像林语堂说的那样："在女性单纯的智慧上，更有知人之明。"

陌生的李清照

渔家傲

天接云涛连晓雾,星河欲转千帆舞。仿佛梦魂归帝所,闻天语,殷勤问我归何处。

我报路长嗟日暮,学诗谩有惊人句。九万里风鹏正举,风休住,蓬舟吹取三山去!

这阕词,如果不知道作者,你会猜是谁的?苏轼?辛弃疾?陆游?如果有人告诉你是李清照的,你会不会吃惊?梦游九天,看到宇宙浩瀚、星汉灿烂的奇景,与天帝悠然对话,这气魄、这笔力,比苏轼的"我欲乘风归去,又恐琼楼玉宇,高处不胜寒"如何?

很多人对李清照的印象停留在"知否知否?应是绿肥红瘦""云中谁寄锦书来,雁字回时,月满西楼""寻寻觅觅,冷冷清清,凄凄惨惨戚戚"的层面,但其实这个中国历史上最有才华的

女子,她的人生何止思妇、怨女这一面。她的少女时代是这样:

点绛唇

蹴罢秋千,起来慵整纤纤手。露浓花瘦,薄汗轻衣透。见客入来,袜刬金钗溜。和羞走,倚门回首,却把青梅嗅。

礼部员外郎家的千金刚刚在院子里荡过秋千,看见有客人来,先是含羞慌忙躲避,弄得鞋袜不整、钗环散乱,索性顽心大起,回首弄青梅,看一眼客人长什么样。在要求女性"行莫回头,立莫摇裙"的时代,此举在别人则有"倚门卖笑"之嫌,然而"是真名士自风流",在少女李清照,则只有豆蔻年华的清澈娇憨、灵动可爱。

在与赵明诚两情欢好的少妇时代,她是这样的:

减字木兰花

卖花担上,买得一枝春欲放。泪染轻匀,犹带彤霞晓露痕。

怕郎猜道,奴面不如花面好。云鬓斜簪,徒要教郎比并看。

清晨买得一枝颜色匀停、带露初开的绝美花儿,娇俏、任性的她将花簪在鬓边,一定要让那人回答"吾与花孰美",这是怎样活泼泼、热腾腾、水灵灵的明媚女子!在严于礼法的宋代,柳永不过写了"针线闲拈伴伊坐",就被同为大词人的宰相晏殊打入另册、不与为伍,而要写出像李易安这样更加显恣肆意的句子,是需要一定道德勇气的。果然,时人责她"无顾藉"(《碧鸡漫志》)、"无检操"(《郡斋读书志》)。李清照,从来不是淑女典范。

"予性喜博,凡所谓博者皆耽之,昼夜每忘寝食。但平生随多寡未尝不进者何?精而已。"(《打马图经序》)她好茶、好酒、好出游,于游戏、博弈无所不精,逢赌必赢,且能玩出名堂、创出理论、翻出新意。元明间陶宗仪《说郛》评价其《打马图经序》:"韵事奇人,两垂不朽。"张岱说:"人无癖不可与交,以其无深情也。人无疵不可与交,以其无真气也。"李清照便是这样一个深有癖好的性情之人。一般认为中国文化中最理想的妻子是沈复《浮生六记》中的芸娘,我常常觉得李清照是芸娘的顶配版,更加天资卓绝、活色生香,极有情致、极有趣、极会玩。硕士时期的老教授、李清照专家讲课讲到高潮处,忽然发语惊人:"赵明诚根本算不上是李清照的知己——我才是。"满堂愕然,继而哄笑——爱之太深、谬托隔代知己,李易安若有知,不知会怎么说,当然这是题外话了。富才学,雅好辞赋、金石的赵明诚得遇李清照,其胜于画眉的闺房之乐——"赌书泼茶"已成绝响。

当然,她这个"顶配版"有时未免太豪华、太超标了些,大概会令一般男人望而却步,比如她在《词论》中点评各先贤的作品:

> 始有柳屯田永者……虽协音律,而词语尘下。又

有张子野、宋子京兄弟、沈唐、元绛、晁次膺辈继出,虽时时有妙语,而破碎何足名家!至晏元献、欧阳永叔、苏子瞻,学际天人,作为小歌词,直如酌蠡水于大海,然皆句读不葺之诗尔,又往往不协音律者……王介甫、曾子固,文章似西汉,若作一小歌词,则人必绝倒,不可读也……又晏苦无铺叙,贺苦少典重。秦即专主情致,而少故实。

玩笑般历数柳永、张先、宋祁、晏殊、欧阳修、苏轼、王安石、曾巩、晏几道、贺铸、秦观等大家的缺点,眼光精准、用语毫不隐讳,那高谈阔论、挥斥方遒的模样太不三从四德了。至于她本人的创作实绩,俞平伯有一个评价:"她的词却能够相当地实行自己的理论,并非空谈欺世。她擅长白描,善用口语,不艰涩,也不庸俗,真所谓'别是一家'。"所谓"才华配得上野心",就是这样了。清代李调元评价她"不徒俯视巾帼,直欲压倒须眉",并非谬赞。

宋人多秉持"词为艳科""诗言志",李清照本人更是打出了词"别是一家"的大旗,所以从其风格迥异的诗、文中,我们不难窥到这位女词人的另一面:比如"生当作人杰,死亦为鬼雄",比如"水通南国三千里,气压江城十四州",再比如《晓梦》:

晓梦随疏钟,飘然跻云霞。因缘安期生,邂逅萼绿华。秋风正无赖,吹尽玉井花。共看藕如船,同食枣如瓜。翩翩坐上客，意妙语亦佳。嘲辞斗诡辩，活火烹新茶。虽非助帝功，其乐莫可涯。人生能如此，何必归故家？起来敛衣坐，掩耳厌喧哗。心知不可见，念念犹咨嗟。

游仙诗，自晋代兴起，历经南北朝、隋、唐、五代至宋而方兴未艾，其中李白的此类诗最为出色，"飘然思不群"，不愧为"谪仙人"。令人意外的是，闺中女子如李清照也会有"俱怀逸兴壮思飞，欲上青天览明月"的"奇志"与豪兴，且论胸襟、论想象、论发语造境，都一点不逊色于男儿。

《浯溪中兴颂诗和张文潜二首》，这是李清照与忘年交、"苏门四学士"之一张耒的唱和诗。在这首诗里，李清照表达了对唐王朝经安史之乱由盛转衰的看法：不承认美人误国，严厉谴责唐玄宗的纵情声色、好大喜功、用人失察，肯定郭子仪、李光弼等将领的精诚团结、勠力平叛，历史识力不俗。结句拟高力士口吻："呜呼，奴辈乃不能道辅国用事张后尊，乃能念春荠长安作斥卖。"将历史的波诡云谲、沧海桑田收束在一声几不可闻的叹息中，余音绕梁。

《上枢密韩公工部尚书胡公诗》，"皇天久阴后土湿，雨势未回风势急。车声辚辚马萧萧，壮士懦夫俱感泣。……欲将血泪寄山河，去洒东山一抔土。"书写了对高宗绥靖政策的疑虑，以及山河破碎、黎庶蒙难的深悲剧痛。近人陈衍在《宋诗精华录》中评价其"浑雄悲壮，虽起杜、韩为之，无以过也"。

《打马赋》将"打马"这种闺房游戏中的虚拟战争场面写得

波澜壮阔、满纸风雷，对照南宋小朝廷偏安一隅的时局，其意远远超脱于游戏之上，旨在提倡争先、尚武精神。清人李汉章《题李易安〈打马图〉并跋》云："南渡偷安王气孤，争先一局已全输。庙堂只有和戎策，惭愧深闺《打马图》。"

一个古代女子，她兰心蕙质、含情脉脉，会写"帘卷西风，人比黄花瘦"，我们因此欣赏她、喜爱她。但其实我们不知道，她还颇具林下之风；我们不知道，她的目光一早越过了闺阁庭院、男女情爱，穿过时代的尘埃，投向广袤无垠的历史和世界。面对宇宙苍穹，她常常思接天外，满怀逸兴哲思；面对生民疾苦、家国离散，她忧心如焚，且不乏远见卓识、英气胆魄。"心有猛虎，细嗅蔷薇"，说的便是她这样的人。只是她灵魂中这更加宏阔、生动的一半，隐在了历史的雾霭中，寻常不为人所知。曹雪芹说"闺阁中本自历历有人"，然也。

凝视深渊的人

唐诗的天空俊采星驰，其中姓李的明星特别多，不要说李白、李商隐这样光芒万丈的名字，就连没那么耀眼的李颀、李绅、李益、李冶、李群玉、李峤，他们留下的句子你也一定听过："白日登山望烽火，黄昏饮马傍交河""锄禾日当午，汗滴禾下土""回乐峰前沙似雪，受降城外月如霜"……这么多姓李的诗人，我却只想说说李贺。

李白、杜甫、韩愈之后的中唐诗坛走来了天才李贺。李贺是个拧巴的青年，明明生得"细瘦"，且"通眉""巨鼻""长指抓"，却每每以壮士自居，下笔都是这种范儿："男儿何不带吴钩，收取关山五十州。请君暂上凌烟阁，若个书生万户侯。"明明家道中落，"衣如飞鹑马如狗"，却时刻不忘自己李唐宗室的出身，在诗中一再自称"皇孙""宗孙""唐诸王孙"。但这些跟他一生中最拧巴的一件事相比都不算什么。这件事就是——明明没有科考入仕的资格，却终身为此纠结、郁郁难平。这听上去一点也不诗人，但那个时代就是这样，文人除了入仕没别的出路，连李白、杜甫都不能免俗。唯一不同的是，这些人的志向才不是从基层公务员（那叫"吏"）做起，他们的格局都是这样的："致君尧舜上，再使风俗淳"（杜甫）、"长揖万乘，平交王侯"（李白）。但也许理想的不能实现是人类永恒的痛苦，唐朝诗人中有许多时运不济的，除了屡试不第如写"月落乌啼霜满天"的张继这种，还有一些更悲催、因为各种原因连下场考试的资格都没有的，比如李贺。

李贺为什么不能参加科考呢，因为他有一个坑儿的爹。这个爹叫什么不好，偏偏叫"李晋肃"，"晋肃""进士"谐音，古人要避父讳，爹叫"晋肃"，儿子就不能考进士。愤怒的韩愈为他鸣不平："父名晋肃，子不得举进士，若父名仁，子不得为人乎？"韩愈长李贺二十二岁，李贺十八岁出门去远行，干谒的就是韩愈。当时韩愈已经官居宰辅，且执文坛牛耳，每天来他这里行卷、温卷的士子川流不息，韩愈半躺在榻上，漫不经心地展开了李贺的卷子，只看了第一首《雁门太守行》的第一句"黑云压城城欲摧，甲光向日金鳞开"就惊得合不拢嘴，光着脚下了炕，连呼："快请进来！"

但在李贺考进士这件事上，韩愈没帮上什么忙。因为韩愈是个迂腐的老愤青。"愤青"这个物种分两种，一种是玩票性质，年轻时愤着玩玩的，比如白居易。当白居易只有二十几岁的时候，为官"有阙必规，有违必谏"，结果被贬江州司马，虽然在那里写出了名篇《琵琶行》，但愤青白居易却从此被吓死了，转世为及时行乐白居易，流连于自家家伎的"樱桃樊素口，杨柳小蛮腰",写诗也是"衣食""俸禄"不离口,虽然被后世苏轼讥他与好友元稹一对"元轻白俗",但他从此仕途平顺、直上青云。另一种愤青是职业愤青,专注愤青八十年的那种,韩愈就属于后一种,临老了因为看不惯宪宗皇帝佞佛、迎佛骨,写了一篇骨气傲岸的《谏迎佛骨表》,里面有这样的句子:"今无故取朽秽之物……臣实耻之。乞以此骨付之有司,投诸水火,永绝根本,断天下之疑,绝后代之惑。"把皇帝气得几乎没背过气去,缓过气来就要杀了他,幸得裴度、崔群等多位国级、省部级干部求情,才仅被贬为潮州刺史。贬谪路上他又写了一首七律,"一封朝奏九重天,夕贬潮州路八千",十分凄惨。这样戆直的韩愈,帮李贺的办法自然不会是带着他去走有关部门的后门,而是写了一篇《讳辩》,骂那些所谓"名教"人士,效果可想而知。

总之,李贺永远地被剥夺了科举入仕的机会,只做了个九品芝麻官——掌管祭祀的奉礼郎。有志难申的他,一颗敏感的心堕入了地狱:"长安有男儿,二十心已朽""我当二十不得意,一心愁谢如枯兰""壮年抱羁恨,梦泣生白头""日夕著书罢,惊霜落素丝"。诗歌成了他唯一的精神寄托,他常常骑着驴去荒郊野外觅诗,有好句子就写下来收入随身锦囊,为诗歌呕心沥血、废寝忘食,好好的天才搞得像贾岛、孟郊那样的苦吟诗人一样。不知他觅诗的时候是否会像阮籍一样作"穷途之哭",但无论如何他眼里的世界已经变成了这样:

南山何其悲,鬼雨洒空草。
长安夜半秋,风前几人老。

低迷黄昏径,袅袅青栎道。
月午树无影,一山唯白晓。
漆炬迎新人,幽圹萤扰扰。

——《感讽五首》其三

桐风惊心壮士苦,衰灯络纬啼寒素。
谁看青简一编书,不遣花虫粉空蠹。
思牵今夜肠应直,雨冷香魂吊书客。
秋坟鬼唱鲍家诗,恨血千年土中碧。

——《秋来》

百年老鸮成木魅,笑声碧火巢中起。

——《神弦曲》

呼星召鬼歆杯盘,山魅食时人森寒。

——《神弦》

他的笔下尽是荒芜的山野、惨淡的黄昏、阴森的墓地,时时可见磷火点点、鬼影幢幢,杜牧说李贺是"《骚》之苗裔",不错,李贺曾努力学《楚辞》,"斫取青光写楚辞""坐泛楚奏吟招魂",楚人重淫祀,《楚辞》里多的是人神交接的情境,但何尝像李贺诗这样鬼气森森。要知道,李贺在难得的心情好的时候,写的诗是这样的:

天河夜转漂回星,银浦流云学水声。
玉宫桂树花未落,仙妾采香垂珮缨。
秦妃卷帘北窗晓,窗前植桐青凤小。
王子吹笙鹅管长,呼龙耕烟种瑶草。
粉霞红绶藕丝裙,青洲步拾兰苕春。
东指羲和能走马,海尘新生石山下。

——《天上谣》

想象仙界仙女的生活,纯美无瑕,生气勃勃,毫无一丝鬼气,只有无边的仙气。宋人魏庆之有本诗话集叫《诗人玉屑》,里面说"太白天仙之词,长吉鬼仙之词耳",然而李长吉像这样没有鬼气的诗几乎可以混入《李太白文集》而不辨吧。

李贺对颜色十分敏感,且精于炼字:红是冷红、老红、愁红、笑红;绿是凝绿、寒绿、颓绿、静绿;明明是十分鲜艳强烈的颜色,营造出的却是幽冷凛冽的意境,比如:

漆灰骨末丹水沙,凄凄古血生铜花。

——《长平箭头歌》

琉璃钟,琥珀浓,小槽酒滴真珠红。……况是青春日将暮,桃花乱落如红雨。

——《将进酒》

秋野明,秋风白,塘水漻漻虫啧啧。云根苔藓山上石,冷红泣露娇啼色。……石脉水流泉滴沙,鬼灯如漆点松花。

——《南山田中行》

汪曾祺说:"李贺,他的诗歌不是像别的诗人那样习惯在白纸上工笔地描摹刻画,而是将色彩在黑纸上泼洒。"太确切了。

李贺诗作存世二百四十首左右,有学者统计出其中提及鬼神的有九十一首,且多是其代表和精华之作。而他诗歌中用得最多的字是"啼""寒""凝""幽""老""泪""死"。自从对人生绝望,天地万物在他眼中就变了颜色,人界变成了幽冥,可见他的心境有多灰败、哀凉。

自古仕途多舛、想要建功立业而不得的文人海了去了,仅唐朝就一抓一把,李贺绝不是第一个也不是最后一个。从文坛最大的腕儿算起,比如李白就曾直抒胸臆"大道如青天,我独不得出",孟浩然在出仕梦破后选择寄情山水,杜甫仍然心怀天下、忧国忧民,而李商隐则把迂曲、绵密的心思融进了诗歌里。无论如何,没有人像李贺一样在绝望中走得这样远。

有道是"文章憎命达""赋到沧桑句便工",李白、杜甫没能做大官,朝廷不过少了两个案牍劳形的官员,然历史有了辉煌灿烂的盛唐文学。何况以杜甫之迂腐、李白之天真,若真的做了官,难道就能在政治上有多大建树?能相当于现实中他们在文学上的贡献?天才来到世间,带着固有的使命,命运的巨灵之掌总是在重要关口把他们推回到应然的轨道。在天才本人看来,理想不能实现固然是惨痛的,但以历史的眼光看,即使对于天才本人来说，得以发挥自身真正的才华，又何尝不是幸运的。可惜当时的李白、杜甫不这么想，李贺更加不这么想。

境遇本身是很难伤害我们的，伤害我们的是我们对待境遇的态度和反应。这方面有个典型的例子：与韩愈同时代的两位大诗人刘禹锡和柳宗元，刘长柳一岁，他俩于顺宗永贞元年一同参加以王叔文为首的革新集团，五个月后改革失败，刘、柳二人分别被贬朗州司马与永州司马，十年后又分别迁官更偏远的连州和柳州，"二十年来万事同"。面对贬谪，柳宗元始终心意难平，发之为诗，比如那首妇孺皆知的《江雪》：

千山鸟飞绝，万径人踪灭。
孤舟蓑笠翁，独钓寒江雪。

透过这首诗，我们可以看到诗人内心世界是怎样的千里冰封、万里雪飘啊。

柳宗元的文章也写得好，与韩愈一同倡导古文运动，并称"韩柳"，他俩也是"唐宋八大家"里唯二的唐代人。柳宗元名篇《钴鉧潭西小丘记》里写道"唐氏之弃地，货而不售"，分明是以朝廷的弃妇自居啊。这样的愁肠百结，耿耿于怀，柳氏四十七岁便早逝于柳州贬所。

相反刘禹锡虽然也一同被贬，但他始终是粒"铜豌豆"，看看他的句子："自古逢秋悲寂寥，我言秋日胜春朝。晴空一鹤排云上，便引诗情到碧霄。""沉舟侧畔千帆过，病树前头万木春。"

被贬十年之后，刘禹锡回到长安，作了一首《元和十年自朗州至京戏赠看花诸君子》：

> 紫陌红尘拂面来，无人不道看花回。
> 玄都观里桃千树，尽是刘郎去后栽。

借新栽桃花千树嘲讽朝中新贵，意思刘爷混京城的时候，你们这帮孙子还都在哪儿摸鱼呢。此诗一出，他与柳宗元再被远派，倒霉的柳宗元躺枪。

又过了十四年，刘禹锡终于回长安任职，仍然死性不改，作《再游玄都观》：

> 百亩庭中半是苔，桃花净尽菜花开。
> 种桃道士归何处，前度刘郎今又来。

当年闹哄哄的名利场现如今荒凉得生了青苔，彼时风光无限的桃花早已了无痕迹，换了等而下之的菜花。种下那些桃树的人不知去向，而刘郎我又回来了。真是风骨不改啊。然而就是这个"铜豌豆"，在好友柳宗元过世后，又转徙夔州、和州刺史，熬过了顺宗、宪宗、穆宗、敬宗四朝皇帝，晚年迁太子宾客，分司东都，与同样名位超卓的白居易一起玩耍，也算福慧双修、功德圆满。这个故事告诉我们：要笑到最后，必须活得长久；而要活得长久，首先不能抑郁，不能像李贺、柳宗元那样。

然而天才世界自有不同于凡人世界的逻辑。荷兰有梵高，中国有徐渭，都是陷入癫狂状态的天才。苛责天才的心灵不够强健是没有意义的。古希腊哲学家德谟克利特说过:"没有一种心灵的火焰,没有一种疯狂式的灵感,就不能成为大诗人。"柏拉图也说过:"不得到灵感,不失去平常理智而陷入痴狂,就没有创造能力,就不能作诗或代神说话。"直白地说就是不疯魔不天才,天才往往伴随着偏执、极端、迷狂的人格。李贺在长期的抑郁、迷狂中,走进了一个心灵的异域世界,他用浓墨重彩将之描绘出来,便是中国诗歌史上前所未有的,迷幻幽深、异彩斑斓的艺术境界。正如宋人严羽在《沧浪诗话》中的评价:"长吉之瑰诡,天地间自欠此体不得。"

唐诗三李中,李白是属于白天的,有着太阳般的银色光芒而无一丝阴影;李商隐是属于黄昏的,有如黄昏的瑰丽幽渺、柔婉感伤;而李贺则是属于黑夜的,漆黑如磐中有星芒闪动,光怪陆离,奇诡诱人。

凝视深渊过久,深渊回以凝视。李贺终于郁郁病死,去了他生时常常想象、向往的另一个世界。与另一位天才诗人王勃一样,离世时年仅二十六岁。用李银河怀念王小波的话来说就是:"死于华年。"

然而他的诗歌将与时间同绽光华。

杨绛和钱锺书：一切都刚刚好

钱锺书曾在诗里盛赞妻子的容貌：

缬眼容光忆见初，
蔷薇新瓣浸醍醐。
不知靧洗儿时面，
曾取红花和雪无？

取红花和雪洗面的典故在这里——《太平御览》引唐虞世南《史略》："北齐卢士深妻，崔林义之女，有才学，春日以桃花靧儿面。咒曰：'取红花，取白雪，与儿洗面作光悦。取白雪，取红花，与儿洗面作妍华。取花红，取雪白，与儿洗面作光泽。取雪白，取花红，与儿洗面作华容。'"

意境是不能更美了，真是情人眼里出西施啊。《围城》里唐晓芙的人物原型到底是谁虽然尚有争议，但有了上述钱锺书的诗作为旁证，唐晓芙"天生着一般女人要花钱费时、调脂和粉来仿造的好脸色，新鲜得使人见了忘掉口渴而又觉嘴馋，仿佛是好水果"。说她的肤色是取之于作家的夫人，应该问题不大。杨绛说锺书有"誉妻癖"，用现在的话说就是钱是"炫妻狂魔"。钱是才子而不风流，虽然据说在遇上杨绛前曾心怡过赵萝蕤——后来的陈梦家夫人，但婚后便没什么有实锤的风流韵事。钱锺书曾半夜抄起竹竿帮自家猫儿与邻居林徽因家的猫儿打架，连杨绛都说"打狗要看主人面，那么打猫要看主妇面了"，可是钱锺书偏偏不看主妇面。要知道那可是林徽因啊，那个时代最顶尖的文化精英多为之倾倒，"太太的客厅"里的是这样一些客人：胡适、金岳霖、徐志摩、费正清、钱端升、陈岱孙、周培源、沈从文、萧乾、卞之琳……许多年后作家闫红还写了一篇《人人都爱林徽因》。可钱锺书不但不对这位芳邻报以青眼，甚至还写了一个短篇《猫》来影射、讽刺她和她的丈夫及客人。连林徽因也入不了他的眼，何况寻常女子，对此只能理解为他的眼里只有自己夫人吧。

广为人知的是，钱锺书说杨绛是"最贤的妻、最才的女""娶她之前从没想过结婚，娶她之后从没有后悔过，也从没想过娶别人""难得地兼妻子、情人、朋友于一身"。对于一个妻子来说，这已经是最高评价了。杨绛对于钱锺书是妻子、情人、朋友，其实她还兼有另一重鲜为人知的角色：母亲。吴学昭的《听杨绛谈往事》中写道：

又一次，杨绛要捐掉一件她为锺书织的旧衣，锺书双手抱住不放,说"慈母手中线"。杨先生说:"我很感动。我待锺书,慈母的成分很多。他从小嗣出,没有慈母……这对他性格的形成,很有关系。"

在杨绛的《记钱锺书与〈围城〉》中,她历数钱锺书小时候的种种"糗事",这固然是出于对丈夫的强大信心——瑕不掩瑜、欲扬先抑,但另一方面,能爱一个人的缺点、爱一个人最狼狈的样子才是真爱,杨绛对这一切娓娓道来,如同一位慈爱的母亲,读者几乎可以看到她脸上欣赏、宠溺的微笑。"我曾看过他们家的旧照片。他的弟弟都精精壮壮,唯他瘦弱,善眉善眼的一副忠厚可怜相。"大约母亲看自己的孩子,总会觉得他瘦弱、忠厚、可怜。

杨绛在散文《钱锺书生命中的杨绛》中说:

> 杨绛最大的功劳是保住了钱锺书的淘气和那一团痴气。这是钱锺书的最可贵之处。……钱锺书的天性,没受压迫,没受损伤,我保全了他的天真、淘气和痴气,这是不容易的。

这段话,可以算作杨绛与钱锺书夫妇关系的总结:首先要懂得这"痴气"是天才身上最可宝贵的东西,是其天才的另一面;其次要深爱具有这样性格的钱锺书;要之,用自己毕生的付出,最大限度地保存了钱锺书身上的这些特质,并使之自由地发展。简言之就是:懂得、深爱、成全。

"实话实说,我不仅对钱锺书个人,我对所有喜爱他作品的人,功莫大焉!"这份高度自信、毫不谦虚,确实也是有根基的。杨绛对丈夫的无私付出贯穿一生,如同母亲对儿子。钱锺书生活能力极差,"他不会打蝴蝶结,分不清左脚右脚,拿筷子只会像小孩儿那样一把抓",厨房失火了只会和七八岁的女儿一起喊:"娘!快快快快快!"钱杨的一世婚姻,杨绛在家务琐事上付出良多。

从新婚游学海外起,杨绛便承担了所有家务,钱锺书有诗记之:

> 卷袖围裙为口忙,
> 朝朝洗手作羹汤。
> 忧卿烟火熏颜色,
> 欲觅仙人辟谷方。

孤岛时期他们困守上海,杨绛已是成名的剧作家,而钱锺书仍然寂寂无名,钱锺书多年后写诗回忆当年心境:"自笑争名文士习,厌闻清照与明诚。"为了支持钱锺书写《围城》,杨绛"也不另觅女佣,只把她的工作自己兼任了。劈柴生火烧饭洗衣等等我是外行,经常给煤烟染成花脸,或熏得满眼是泪,或给滚油烫出泡来,或切破手指。可是我急切要看锺书写《围城》(他已把题目和主要内容和我讲过),做灶下婢也心甘情愿"。

这"灶下婢"一做就是一生。钱锺书去世后多年,他们共同生活的三里河寓所天花板上还印着杨绛爬高换灯泡不小心留下的手印，因为那是锺书在世时留下的，杨绛舍不得擦去。钱锺书卧病住院的生命最后几年，杨绛自己也已是八旬老人，她说"照顾人，男不如女，我只求男先女后，弄错了次序就糟糕了"。她以闺秀、才女之资，一生甘愿照料、打理钱锺书的生活，使他能专注于文学创作和研究，最大程度地发挥他的天才，这是她对丈夫最深情的成全。即使在死亡面前，照顾锺书仍是她此生最大的使命。

钱锺书去世后，杨绛以将届期颐之年、多病之身，为躲避失去亲人的痛苦而翻译哲学作品《斐多》，为记录他们一家一生的悲欢而创作回忆录《我们仨》，亲自或组织人手为钱锺书整理卷帙浩繁的读书笔记并出版。可以说，这位老人一直活在"我们仨"的记忆里，她一个人在这孤独的人世间为他们仨而活，为钱锺书而活。从这个角度讲，杨绛是真正意义上的"未亡人"。她活得十分温婉、低调，只有在捍卫亲人声名的极少数时刻，方显露出百岁老人内心强悍、语调铿锵的本色。二〇一三年，北京某拍卖公司欲拍卖一批钱锺书书信，一百零二岁的杨绛坚决反对，不惜将对方告上法庭，终于成功阻止了拍卖，保护了亲人的隐私。至于此举是否不利于对钱锺书的深入研究，那是另外一个问题。思念而不止于思念，悲伤而代之以坚强前行，抓紧生命的每分每秒为亲人做力所能及的一切，这便是这位世纪老人的可敬之处。

像杨绛这样留学欧美、对西方文化浸淫很深的女性，本应该天然具有更强的女性意识。钱杨夫妇一九三五年留学牛津，英国作家伍尔芙于一九二九年发表了女权主义经典《一间自己的屋子》，杨绛也算经历过女权思潮的洗礼，但她却有着十分近于封建社会的婚姻观，她评论三姑母杨荫榆："她挣脱了封建制度的桎梏，就不屑做什么贤妻良母。她好像忘了自己是女人，对恋爱和结婚全不在念。"可见她认为身为女人，人生首要在于恋爱和婚姻。杨绛还说过："我的父母是最模范的夫妻。我们三个出嫁的姐妹，常自愧不能像妈妈那样和顺体贴，远不如。我至少该少别扭些，少任性些，可是没做到，我心上也负疚。"她认为女性在婚姻中天生就该"和顺体贴"，会因为自己还不够"和顺体贴"而自愧。她绝不是不懂女权、自我意识欠缺，而是她对丈夫的爱超越了自我意识。杨绛说："我爱丈夫超过爱我自己。信然。"

有人说，男人在十多岁时需要黛玉，给他梦和诗、与他心灵契合；二十多岁需要宝钗，引导他、襄助他上进；三十多岁需要熙凤，帮他拓展人脉、打理事业；四十多岁需要袭人，以女性的温柔抚慰他，照顾他的生活；五十多岁需要袭人，六十多岁要袭人，七十多岁需要袭人……临终前需要袭人。钱锺书何其幸运，杨绛一身而兼黛玉、宝钗、熙凤，最难得的是她还愿意为他做袭人，只因为他是钱锺书。而杨绛说："我做过各种工作……但每项工作都是暂时的，只有一件事终身不改，我一生是钱锺书生命中的杨绛。这是一项非常艰巨的工作，常使我感到人生实苦。但苦虽苦，也很有意思，钱锺书承认他婚姻美满，可见我的终身大事业很成功，虽然耗去了我不少心力体力，不算冤枉。"可见她也甘之如饴，感激命运让自己遇到他。

杨绛以自己的爱和付出成全了钱锺书，杨绛因此也许少写了几部作品，但同时，世人得以看到《围城》，看到《谈艺录》

《管锥编》《七缀集》,而钱锺书感激、珍视这份付出,报之以卓越的文学、学术成就,以及对妻子的敬爱和眷恋。客观上,"钱锺书夫人"的荣耀,也让杨绛的名字在文学史上更加闪光。往世俗了说,他们是"夫贵妻荣"、互相成全的一对。同时,他们又是非常奇妙的一对,这种奇妙表现在:一切都刚刚好。如果杨绛的见识、才华平庸一点,也许便不能那样深刻地了解钱锺书的价值,心甘情愿支持他、成全他,而钱锺书也不会将那支持看作是一种牺牲,那样珍视、感激。可如果杨绛的才华更耀眼一些,可以与钱锺书比肩,也许她的自我意识也就更强一些,比如像张爱玲那样,一个从小就做着"天才梦"的女子,她也许会在生命中的某个时期为爱人"低到尘埃里,再从尘埃里开出花来",但从长远来看,她的注意力终究会回到发展自己的才华上来,而不会满足于做丈夫身后的女人。所幸一切都刚刚好,造物在钱杨夫妇身上达到了一个精妙的平衡,于是世界上有了一个惊才绝艳的钱锺书、一对琴瑟和谐的钱杨文学伉俪。

杨绛的温度

余杰写过一篇关于钱杨夫妇的文章,列举了杨绛的话:"钱锺书绝对不敢以大师自居。他从不厕身大师之列。他不开宗立派,不传授弟子。他不号召对他的作品进行研究,也不喜欢旁人为他号召,严肃认真的研究是不用号召的。"余杰从杨绛最后半句话中听出了皮里春秋、微言大义,听到了杨绛对丈夫的"吹捧"和无比骄傲。我猜余杰可能没有看到过杨绛对于丈夫更加不加掩饰的评价,比如像这样的:

钱锺书的博学是公认的,当代学者有几人能相比的吗?新中国成立前曾任故宫博物院领导的徐森玉老人曾对我说,如默存者"二百年三百年一见"。

这样的:

能和锺书对等玩的人不多，不相投的就会嫌锺书刻薄了。

以及这样的：

> 美国哈佛大学英美文学与比较文学教授哈里·莱文（Harry Levin）著作等身，是享誉西方学坛的名家，莱文的高傲也是有名的，对慕名选他课的学生，他挑剔、拒绝，理由是"你已有幸选过我一门课啦，应当让让别人……"就是这个高傲的人，与钱锺书会见谈学后回去，闷闷冒出一句"我自惭形秽。"（I'm humbled!）陪同的朱虹女士问他为什么，他说："我所知道的一切，他都在行。可是他还有一个世界，而那个世界我一无所知。"

杨绛对丈夫的极力推崇无处不在，哪怕是在以别人为主角的文章里。比如《〈傅译传记五种〉代序》，这是一篇为傅雷作品作的序，却用了很大的篇幅来谈"锺书"，然后传主傅雷与锺书的关系就成了这样：

> 也许锺书是唯一敢当众打趣他的人……有人说傅雷"孤傲如云间鹤"；傅雷却在锺书和我面前自比"墙洞里的小老鼠"……而我觉得傅雷在家里有点儿老虎似的。他却自比为"小老鼠"！但傅雷这话不是矫情，

> 也不是谦虚。我想他只是道出了自己的真实心情。……锺书建议他临什么字帖，他就临什么字帖；锺书忽然发兴用草书抄笔记，他也高兴地学起十七帖来，并用草书抄稿子。

现代最优秀的翻译家，出色的批评家、文学家，在杨绛的笔下，变成了钱锺书（甚至自己）的小粉丝，任钱锺书打趣，对钱锺书服膺到了言听计从的地步，自比"墙洞里的小老鼠"，而杨绛认为"他只是道出了自己的真实心情"。我愿意相信她没有编造事实，但如此评论一位已逝的朋友，怎么都不能算是厚道、温暖的吧，甚至连尊重都谈不上。

不仅限于钱锺书，杨绛对于自己和其他亲人也是相当骄傲的。比如她对女儿钱瑗的评价是"强爹娘，胜祖宗"，我想不出一个母亲对子女还能有比这更高的评价。她借这个"强爹娘，胜祖宗"的女儿的口说过："妈妈的散文像清茶，一道道加水，还是芳香沁人。爸爸的散文像咖啡加洋酒，浓烈、刺激，喝完就完了。"又借"二百年三百年一见"的钱锺书的口说过："杨绛的散文比我好。""杨绛的散文是天生的好，没人能学。"她的自我期许由此可见一斑。杨绛深爱自己的家人，"他们仨"而外，一篇《回忆我的父亲》写得感人至深，《记杨必》中对兄弟姐妹的感情和依恋溢于言表，其他文章中也屡屡提到青少年时期在外求学时"想家"。但是，她对至亲之外的亲戚可就两样了，比如在《回忆我的姑母》中，完全不隐晦杨荫榆一生中从感情到事业再到接人待物的种种失败；也毫不掩饰自己对姑母的凉薄："只觉得我们好好一个家，就多了这两个姑母。"即使有同情，也是一个婚姻成功的女子对人生失败的女子的同情，颇有些隔岸观火的味道。

杨绛的家庭确实出色的人才居多，丈夫钱锺书不必说了，"强爹娘，胜祖宗"的女儿钱瑗是北师大教授；父亲杨荫杭先生是宾夕法尼亚大学法学硕士，任多省高等审判厅厅长、高等检察厅厅长时颇有建树和风骨，后从政界退隐为名律师；八妹杨必任教于复旦大学外语系，有《名利场》等译著，其他兄弟姐妹也都或读国内名校或留学，各自有所成就；三姑母杨荫榆女士为哥伦比亚大学硕士，曾任北师大校长。生活在这样家庭中的杨绛，眼光、见识非同一般，目无下尘也是顺理成章的。读杨绛的文集，有一个很明显的感觉就是她一生没什么知交朋友，只有一个同学少年的蒋恩钿，也仅仅是在文章中提到过名字而已，倒是为忘年交陈衡哲专门写过一篇《怀念陈衡哲》，文中她这样说："我们到了清华，我和莎菲先生还经常通信，……我不会虚伪，也不愿敷衍，我和她能说什么呢？我和她继续通信是很勉强的。""我和陈衡哲经常聚会的日子并不长，只几个月，不足半年。为什么我们之间，那么勉强的通信还维持了这么多年呢？"杨绛对朋友的友情往往如此。所谓的朋友，其实不过是泛泛之交。她的注意力和感情都给了自己那些出色的亲人，便没有多少剩余可分给外人了。对比同样出身名门的女作家如林徽因、宗璞等，杨绛的这一特质尤显突出。

作家由于敏感多思的天性，与人的感情亲疏往往不唯血缘论，有时更多地以精神契合度为标准，这方面比较典型的如比杨绛小九岁的张爱玲。张与父母的感情非常淡薄，在半自传作品

《小团圆》里，张爱玲把母亲塑造成一个不停地从一个男人到另一个男人身边的女人，对子女非常自私、冷酷。张爱玲唯一的亲弟弟张子静，在张看来是一个猥琐、怯懦，会告姐姐的黑状然后幸灾乐祸的人，张爱玲后半生与弟弟也从不联系。张对之感情深厚的亲人反倒是姑姑张茂渊，在作品中多次提及姑姑的有思想、有趣，还专门写过一篇《姑姑语录》。同时朋友在张爱玲生命中比血缘意义上的亲人要重要得多，比如年少时的朋友炎樱就经常出现在张爱玲的散文中，张对她十分欣赏、亲厚；人生的后期则有邝文美，张在给邝的信中写道："事实是自从认识你以来，你的友情是我的生活的 core。我绝对没有那样的妄想，以为还会结交到像你这样的朋友，无论走到天涯海角也再没有这样的人。"这在杨绛那里是不可想象的。也许正是因为亲情世界的荒芜，才让友情得以在张爱玲生命中丰茂生长。而杨绛的婚姻和亲情世界太圆满，以致她不太需要友情，所以就没有知心朋友，而她也完全不以为憾。不是说女作家就该像张爱玲那样"六亲不认"，杨绛当然有爱她家人的权利，只是像她这种待人的亲疏远近与姻亲、血缘关系远近完全重合的情况，在现代作家中是很特别的。

对朋友固然淡如水，对不与她在同一个精神维度上的人就称得上冷如雪。杨绛一生都在高校、研究所的象牙塔里从事学问，她所接触的人除了像他们夫妇一样的高级知识分子之外，便是保姆、车夫。所以她的记人散文，基本上就是记叙这两类人。对于后一类，从杨绛的叙述来看，一方面，作为一个"东家"，她无疑是宽厚和善的，符合书香大家的女主人宽待佣人、仁慈体下的做派；但另一方面，杨绛看向保姆们的目光明显是俯视的。杨绛本人与《洗澡》中的姚太太有同好：喜欢做福尔摩斯，侦查别人的隐私。在《顺姐的"自由恋爱"》中，杨绛便是通过一点一滴追根究底的盘问，逐渐了解了女佣顺姐作为地主婢妾的悲惨身世。用杨绛自己在小说中的形容就是：把她"当个口袋似的翻了一个个儿"，比如像这样：

> 我问顺姐："你'姐姐'早饭也吃个馒头吗？"
> "不，她喝牛奶。"
> "白牛奶。"
> "加糖。"
> "还吃什么呢？"
> "高级点心。"
> 那时候还在"三年困难"期间，这些东西都不易得。我又问别人吃什么，顺姐支吾其辞，可是早饭、午饭各啃一个冷馒头的，显然只顺姐一人。
> "你的钱都交给'姐姐'？"
> "我还债呢，我看病花了不少钱呢。"
> 我当时没问她生什么病，只说："她们都不干活儿吗？"
> 她又含含糊糊，只说："也干。"

为了满足自己那点好奇心，就对别人的伤心事毫无顾忌地追问、"诱供"，这在人际交往中首先是有违礼貌的吧，其次也绝不是厚道人所为。杨绛如何会连人与人相处的基本礼数都不懂,难道她对和自己同等精神层次、社会地位的人也这样"翻口袋"?如不是,那是不是可以看作她没有平等心,对底层人缺乏起码的尊重?

由于被收入中学语文课本,《老王》是杨绛散文中流传最广的一篇,许多人看了这一篇就觉得杨绛对底层人平等相待、尊重同情,其实这是一个误会。因为杨绛与老王的交往主要在"文革"期间,在那个社会气氛冷漠到冰点的年代,老王身上散发的人性光彩和温暖气息便显得弥足珍贵,跌落凡尘的杨绛也不再采取居高临下的视角,因此才能对底层人老王的悲苦和辛酸抱以理解和同情。而检点杨绛的全部这类文章,绝大多数时候,杨绛和底层人的相处模式都类似于她和顺姐。

杨绛是十分温暖的女儿、妻子、母亲,但对于自己小世界之外的世界她却没有太多温情。杨绛的小世界很小,最里层是丈夫、女儿和自己,中间是父母,外层是同胞手足,至于朋友、亲戚,基本是不在这个世界之内的。真实的杨绛,就是这样一个"外冷内热"、内外分明的人。

说起女作家的"冷",又不能不提到张爱玲。张会对来访的客人说:"张爱玲小姐现在不会客。""张爱玲小姐已经出去了。"这是何等的任性、高冷。杨绛的冷和张爱玲很不一样,杨绛才不会那样天真,表面上她是温润的、谦和的,但底子却是不会改变的冷漠与疏离。要类比的话,张爱玲如林黛玉,高傲写在脸上,但如你能入了她的眼,她便会待你如香菱、紫鹃,冷傲下面是一片赤诚的热情;而杨绛如薛宝钗,表面看来对谁都客气、周到,但你永远无法接近她的内心,相处得再久她也只会待你如香菱、莺儿。她的随和底下是不化的冰雪,"任是无情也动人"。

埃及行记

开罗姑娘

遍地黄沙一直蔓延到天边，太阳在头顶毒辣地照着，气温总在四十度以上。方圆几公里内有三座金字塔，眼前的一座就是胡夫。当从小在课本上看到的伟大建筑出现在了眼前，反倒有种不真实的感觉，我需要一级级顺着那些高大石阶往上攀爬，手脚并用感受金字塔的雄伟和神秘。偏偏这时有个尖细的小声音一直跟着我："买一个，买一个，很便宜。"是一个黑黑瘦瘦的埃及女孩，手里捧着一堆串在一起的粗糙塑胶制品，有五颜六色、亮晶晶的手串，更多的是一种金字塔模型。此刻，她就是在向我兜售那个模型。导游阿斯玛叮嘱过不要买任何纪念品，因为它们全都来自中国某个以小商品著称的城市。也许是我踟蹰的时间太长了，那个小嗓音突然尖利起来："你没有钱？没有钱为什么来埃及？"她的眼神变得冷硬、攻击性十足，和刚刚热切的、乞求的她判若两人。这种近乎戏剧化的变脸把我从两难的境地解救了出来，我可以不买她的东西而不愧疚了。

她让我想起在上一站埃及国家博物馆遇到的另一个女孩。那个女孩大概十六七岁，胖胖的，负责在博物馆大门口分发讲解器。我拿到讲解器先试了试耳机，发现其中一只完全没有声音，就用英文跟她沟通，希望能换一个。她回答我："这个本来就是这样的，不需要换。"她煞有介事地说完，嘴角忍不住滑过一丝小老鼠偷到油一般的狡黠、得意笑容。我都快被气笑了。半分钟前我亲眼看见同样因为耳机的问题，她给我们团一位光头、花臂的魁梧团友换过，很可能她就是把换下来的那个发给了我，然后告诉我"It's just so"，仅仅因为我是一位看上去好说话的女性。我决定接受这个坏了一只耳机的讲解器，因为懒得跟她理论。有种人，就让她们保持她们的狭隘吧。

来之前，就听说埃及大多数女性受教育程度不高，但是我不知道这一点落在一个具体的年轻女性身上到底意味着什么。来开罗的第一天，遇到这样两个本地女孩，如果不是因为还有阿斯玛，几乎要令我对埃及女性丧失信心了。我们就是在微博上看了阿斯玛对埃及景点与文化的介绍才报了她的团。如果说她在微博上动人的中文表达还可能是后期制作的成果，那么见面后她的超级正宗的口语就令我彻底折服。我是当过三年对外汉语教师的人，太清楚外国人要把中文讲到这种水平有多么不容易。聊天间一问，果然，人家的中文是在北京语言大学学的，一位留过学的埃及女性。

接下来的行程里，阿斯玛带着她的学生、二十出头的姑娘法蒂玛一同为我们团工作。有时候我看着阿斯玛,觉得她不只是一位导游,简直就是一位将军,指挥若定的那种。聊天的时候,她接梗、抛梗,完全不像是一位外国人。她没有隐瞒她的离异状态,有不怕死的人就问她为什么离婚。阿斯玛的回答坚定而淡然:"因为他打我。虽然这在埃及很普遍,但我读了那么多书,不是为了挨丈夫的打的。"我们无限理解地看着她,有女团友给了她一个拥抱。阿斯玛接着讲述,像在讲别人的故事:"在埃及,主动要求离婚的一方是要坐牢的,女人的话要重判。我不想坐牢,就给了他五十万埃镑,那是当时我和我父母所有的钱了。然后我开始做导游,一做就是九年。"这时一直默默做事的法蒂玛突然说:"去年,我的老师已经在开罗郊区为她自己和父母都买了房子。"大家鼓起掌来,为一个真正有勇气的独立现代女性。

这天一大早,我们的大巴出发去往阿布辛贝神庙。走了三个小时后,看见车窗外有辆旅游大巴抛锚在沙漠里。阿斯玛连忙用他们的语言简短地跟司机说了句什么,然后车子停下,她又跟我们说了句:"对不起,请等一下。"就带着法蒂玛、司机一起下车去帮忙了。他们去了很久,旅游大巴一辆辆驶过,扬起漫天的尘土。看着窗外渐渐刺眼的太阳,想象到达目的地之后的酷热,大家多少有些焦虑。这时满头大汗的阿斯玛回来车上拿工具,有人忍不住烦躁地叹了口气,阿斯玛抬起头,严肃地看着我们:"很遗憾耽误大家的时间,但是我认为我们不该在别人遇到困难时选择闭上眼睛。如果你的想法和我不同,我只能说回酒店后你可以离开我的团,我会把团费全部退给你。"半晌,车里再次响起掌声。这一刻,在我眼里,阿斯玛就是埃及女性之光啊。

阿加莎在这里写出《尼罗河上的惨案》

我们坐着邮轮溯游而上,已经在尼罗河上漂了三天两夜。这天,船即将抵达阿斯旺。傍晚,邮轮泊在岸边,我们一小伙人坐小船横渡尼罗河,去对岸努比亚人的村子。小船走到河心,导游忽然指着我们身后的某处说:"那就是老瀑布酒店,阿加莎·克里斯蒂在那里写出了《尼罗河上的惨案》。"我循声望去,是一座暗红色的建筑,不高,但占地面积不小。夕阳下,尼罗河边,那建筑熟悉如在老电影中曾见。《尼罗河上的惨案》、阿加莎·克里斯蒂……努比亚人从我脑子里飞走不见,我出神了。

阿加莎是世界三大推理小说作家之一,也是最传奇的推理小说作家,她的小说是自印刷品问世以来的全世界销量亚军,冠军是《圣经》和莎士比亚作品。英王伊丽莎白二世、戴高乐将军都是她的铁杆粉丝。她逝世于一九七六年,享年八十五岁,写作持续五十五年,出版长篇小说及各类著作一百一十多部,作品被翻译为超过一百种语言,后辈读者亲切地称她"阿婆"。相比于另外两位推理小说大家阿瑟·柯南·道尔与松本清张,阿婆的推理小说明显更富于情感特质,更善于发掘人们在爱情中的幽微心理。比如《尼罗河上的惨案》,就是在一个爱情故事的框架内展开。即便这样,阿加莎作为女性作家的细腻情感仍无法在推理小说中得到充分发泄,她甚至化名出版了多部情感小说。

与阿加莎相伴终身的第二任丈夫——考古学家马克斯·马洛温比她小十四岁,这点又让人联想起另一位女作家——《情人》的作者杜拉斯。1930年代,阿加莎与马克斯·马洛温婚后来埃及旅行,走到阿斯旺郊外,阿加莎突然来了灵感,于是在老瀑布宾馆一住大半年,写出了《尼罗河上的惨案》,后者成为阿婆最著名的作品之一。

非常神奇地,我在埃及走的路线与《尼罗河上的惨案》、与阿婆当年几乎完全一致。从吉萨金字塔群、斯芬克斯像到法老图坦卡门华丽而阴森的墓葬,到总有老鹰在上空盘旋守卫、拉美西斯二世巨大雕像会在大漠黄昏中呜咽的阿布辛贝神庙,到有着最高的方尖碑、最巨大的石柱、最壮观的公羊雕像的卡纳克神庙,再到坐着游轮航行在尼罗河上,我看到的许多身子正面、脸侧面的奇异人物图像,听到的古埃及的种种雄奇伟丽的历史、传说,当年阿加莎也曾看到、听到。在大漠中我和阿加莎一样骑乘骆驼,在城镇我乘坐《尼罗河上的惨案》女主角林内特小姐乘坐过的马车,鼻端飘过牲畜身上的腥味,那是阿加莎当年也曾闻到过的味道。半个世纪过去,马车驶过的某个城市依然破破烂烂,一如那部小说所描绘的。无论如何这里毕竟是埃及,有着这个星球上最悠久厚重的历史、最仰之弥高的文化。

在尼罗河上航行的几个昼夜,我的客舱窗下就是尼罗河。几天中的很多时刻,我的眼睛与最近的河面距离不会超过两米。这条孕育了埃及文明的河流比我想象中更加平静、河面也更窄些。两岸荒草戈壁,河水从荒漠深处走来,呈一种携带泥沙的轻微浑浊。盯着水面看得久了,便觉得河水只是表面平静而已,那大大小小、生生不息的漩涡,昭示着水面下的激流汹涌。如同《尼罗河上的惨案》这个故事,女主角看似顺遂的人生底下,其实早就布满危险和杀机。尼罗河这个地方,天生就该诞生这样一部小说。

那一刻,我坐在小船上,不断回望暮色中的老瀑布酒店。那幢建筑在衰草斜阳中颜色如同凝固的血液,散发着某种凄迷、肃杀的气息。难怪阿加莎来到这里,脑海中会幻化出一个关于谋杀、关于人性暗昧的故事。埃及已经够深邃、够美丽,然而阿加莎路过这里,更给它增添了一笔不一样的色彩,这色彩的名字叫作文学。

消失的埃及女王

四十多度的高温之下,我们从卢克索出发,横渡尼罗河去往西岸的国王谷。这里是群山间的一座荒谷。极目所见,别说树,连草都没有一棵,有的只是漫山遍野黄色的砂岩,反射着刺目的赤道阳光。

近了,渐渐能看见迎面峭壁上长出的建筑,我们于是知道,哈特谢普苏特女王神庙到了。神庙上下三层,与荒山一色,浑似从山体上整体开凿而出。石砌的建筑有着水平的顶,正面间隔均匀地挺立着几十根方形立柱,整体横平竖直,十分简洁大气,迎面正中有宽大的石阶从地面通向二层、三层。

哈特谢普苏特于公元前一五〇三年开始执政,是有文字记载的人类历史上第一位女王。她的外祖父阿蒙霍特普一世是埃及第十八王朝的第二位法老,她是父亲图特摩斯一世与王后唯一的女儿,是图特摩斯一世所有子女中血统最高贵也最受宠爱的。她与异母弟结婚,加持了他的血统,令他成为图特摩斯二世。然而图特摩斯二世体弱多病,即位九年即驾崩。哈特谢普苏特的女儿嫁给二世妃子十岁的儿子,令后者成为图特摩斯三世,她自己则成为垂帘听政的摄政王。哈特谢普苏特很有权谋、博学多才,其父曾动过让她继承法老之位的念头。于是摄政不久,她便在近臣的支持下,自称"太阳神阿蒙之女",加冕为法老,把图特摩斯三世放逐到偏远的军中。

哈特谢普苏特女王神庙在十九世纪中期被发现时差不多是一片废墟,人们今天看到的是修复重建的结果。神庙中的神像雕塑很残破,壁画内容据说是哈特谢普苏特一生的丰功伟绩,比如远征庞特(今索马里一带),带回大批财宝、香料,移植回穆尔树栽种在阿蒙神庙。可惜画面太模糊破碎,基本看不清。这让我想起前一天去过的卡纳克神庙,那是埃及最大的神庙,前后历时两千多年修建,历代都有所增益,这里闻名世界的方尖碑便是哈特谢普苏特下令建造的。那些巨大石碑和雕刻上有许多刀斫的痕迹,明显是人为破坏,被破坏的历史记载的主角基本都是哈特谢普苏特。女王最完整的雕像保存在埃及国家博物馆,虽然做男性法老打扮,面貌仍可见女性的丰润妩媚。

哈特谢普苏特是一位杰出的君主,她统治期间停止了对外战争,清理运河,大力通商,为埃及带来长期的繁荣,为其成为洲际大国奠定基础。在位的最后几年,她将流放的图特摩斯三世召回,将这个集她的庶子、侄子、女婿为一身的人任命为军事统领,于是她的统治结束于在位的第二十二年,尸身也在此后三千多年间不知所终。没有人知道那场宫廷政变是怎样发生的,只知道夺回王座的图特摩斯三世怀着巨大的仇恨,将女王的形象和名字从一切雕塑、碑文甚至史书中抹去。如果不是后世的商博良破译了纸草文字,让阅读埃及古文献成为可能,今天的人们也许不会知道哈特谢普苏特这个人。

我在有些昏暗、斑驳的女王神庙中四处张望、搜寻,试图找到建筑师的画像。建筑师叫森穆特,资料记载,他是王朝的阿蒙大祭司,哈特谢普苏特青梅竹马的恋人和一生的情人。他终生未娶,辅佐她执政,亲自为她设计、修建神庙和陵墓,并在神庙中留下了自己的画像。而他的陵墓与她的背靠背,是国王谷中极少数非王室成员陵墓。当然,我最终也没有找到,很可能我的目光曾扫过那画像,却看不清、认不出。

我走出去,站在神庙第三层前面的平台上。当眼睛稍稍适应了极度耀眼的光线,从这个位置看出去,前方一片空阔苍茫。沙漠的骄阳之下,天地玄黄,宇宙洪荒,哈特谢普苏特和她的雄图伟业、她的隐秘爱情、她男性装扮下的幽微心曲,就这样永远消失在历史漫天的烟尘中。唯有远处的尼罗河日夜奔流、潮涨潮落,从不止息。

一半维纳斯,一半雅典娜

终于来到亚历山大。

我要说,亚历山大是埃及最美丽的城市,即使没有埃及艳后。在走过非洲那茫无涯际的苍黄大漠,看过那么多灰蒙蒙、滚烫的、干旱缺水的城市之后,猛然一个转弯,看见一座地中海风格的城市,阳光下雪白的、浅蓝的建筑挺立,灰蓝色的大海在脚下温柔荡漾，湿润的、微凉的风挟着涛声在耳边低吟，对于长途奔波的旅人，那感觉就像走进一座变成真实的海市蜃楼，又像是突然回到了魂牵梦萦的故乡。

何况还有天纵神武的亚历山大大帝。当年那位苏格拉底的学生只有二十岁，他从他的马其顿王国出发，十三年间横扫亚非欧大陆，征服四大文明古国中的三个，建立了版图空前的庞大帝国。亚历山大马蹄所到处，新建了二十多座城市，如同沿路撒下一串珍珠，亚历山大城便是其中最闪耀的那一颗。他一定是特别喜欢地中海的这个宁静港口，所以让这里成为唯一以他的名字命名的城市。

亚历山大离开后，在他短暂的有生之年再也没有回到过这座城。他身后的近三百年间，亚历山大成为西方世界的科学和文化中心。人类群星闪耀在亚历山大博物馆：物理学家阿基米德、天文学家托勒密在此讲学；欧几里得在这里写出了《几何原本》，提出了欧几里得定理；阿里斯塔尔古斯在这里做出了地球围绕太阳运转的猜测，比哥白尼早一千五百多年……亚历山大图书馆作为博物馆的组成部分，其建馆梦想便是"收集全世界的书"。传说托勒密王朝甚至下令搜查每艘进入亚历山大港的船只，只要发现有价值的书，便手抄一份交还书主人，原书收归图书馆。鼎盛时期的馆藏涵盖各种文字的文史哲理工农医著作，其中无数古籍善本、巨匠手稿，可惜后来毁于恺撒军队的战火。奥斯卡获奖影片《埃及艳后》中，埃及大臣看着博物馆的滚滚浓烟失魂落魄地说："亚里士多德的手稿，柏拉图的评论、剧本、史料，希伯来神明的《圣经》……"而艳后则对恺撒咆哮："你们这些野蛮人竟然烧图书馆！你们无权摧毁人类文明！"

何况，还有埃及艳后。泰勒扮演的艳后克莉奥佩特拉有着女神一样的华丽和骄傲、野猫一样魅惑狡黠的蓝眼睛、蛇一样灵动妖娆的身体与风情。风华绝代的泰勒，倾城倾国的艳后，满足了人们对香艳历史和绝美尤物的全部想象。然而历史跟人们开了一个玩笑：古罗马钱币上的克莉奥佩特拉可一点也不美。英国学者甚至认为她是一个矮胖、一口坏牙、面相刁钻的丑女人，全凭智慧收服了恺撒和安东尼。

这就有意思了。可是，我不信。克莉奥佩特拉无疑是智慧的，她是亚历山大城的杰出女儿，史书记载她学者一般博学，通晓哲学、数学、城市规划学，在母语希腊语之外还会说埃及语、拉丁语、希伯来语、阿拉姆语。同时克莉奥佩特拉也应该是美丽的，很多个世纪之后的张爱玲说"没有一个女子是因为她的灵魂美丽而被爱的"，何况还是被两个最强大的男人爱。她不需要像泰勒那样美得登峰造极，但一定是超过普通以上的美，以非凡的智慧和品位加持，就是非常美了。女法老在正式场合通常要淡化女性特征，而雕像和浮雕往往是写意的，这也许可以解释为什么钱币上她的头像不漂亮。史密森尼美国艺术博物馆保存的艳后大理石浮雕残片上的形象就很美呀，那才是我心中艳后的样子。这样的艳后，才能在弱小埃及与强大罗马劈面相逢的历史夹缝中，在男人们的世界中，为自己的国家争取到二十二年的和平。

至于恺撒和安东尼，也许他们就是在大漠绝域中征战得久了，骤然来到梦幻一般的亚历山大，看见又像维纳斯又像雅典娜的克莉奥佩特拉，便无法往前走了。就是这样。

任性的埃及艺术

埃及之旅，在走到阿布辛贝神庙时，我被这个民族的艺术吓到了。在这之前，埃及艺术最突出的特点已被我这个肤浅的外行肤浅地概括为：任性。然而阿布辛贝让我觉得，我对其任性程度的认识还远远不够。或者说，我比自己想象中更肤浅。

埃及艺术的任性随处可见，比如崇尚大，夸张的大。举个例子，卡纳克神庙占地 24.28 公顷，这是个什么概念呢？巴黎圣母院占地 0.614 公顷，占据一座山的少林寺占地 5.76 公顷。神庙目前留存下来的最主要部分是大柱厅，这个厅有 366 米长，110 米宽，算了下，面积相当于 96 个标准篮球场。厅内有 134 根石柱，柱子高达 22 米，等于八层楼高，直径 3.57 米，也就是七个人合抱的样子，每个莲花状的柱顶可以轻松坐下百余人，更不用说女王的方尖碑高 30 米，重 320 吨，用整块花岗岩雕成。走在这片幽深的石柱森林里，仰头天只有一线，人像蚂蚁一般渺小，活像来到了《格列佛游记》中的大人国。一座始建于四千年前的建筑，大成这样子。

比如随心所欲。走在埃及的古迹里，每一幅浮雕、壁画都在告诉你，他们的艺术有多随心所欲。几乎所有人像都是头侧面，眼睛正面；同时胸部正面，腰以下侧面。线条十分简单，画面整体就像出自学龄前儿童之手一般的稚拙。你说这个天文、历法、建筑学如此厉害，能够造出金字塔的古老民族不懂立体透视原理？怎么可能。他们就是故意的。他们就是认为这样的画法最能展示人体的美，至于真实的人体姿态是怎样的、按照透视原理应该怎样表现,他们不关心。这种任性的画法直接启发了毕加索。毕加索早期写实主义的画画得十分好,后来借鉴了古埃及的壁画艺术,就沿着那条路越走越远了。以其被公认为第一幅有立体主义倾向的作品《亚威农少女》为例,就是把五个人物的正面、侧面扭曲变形,再杂糅组合,比如一个少女正面的脸上出现了侧面的鼻子,另一个少女脸是侧面的但眼睛是正面的,这种画法真的很古埃及。

然而这些任性与我在阿布辛贝神庙感受到的相比,其实都还好啦。这一路走来,常常会遇到比如一左一右两尊法老雕像,我会理解为类似于哼哈二将;四尊并列,类似于四海龙王;几十尊法老雕像站成一排——历代帝王图。至于为什么并列的雕像都长得像孪生兄弟,可能人家就是喜欢一种对称的、几何的美。然而在阿布辛贝,我们博学的埃及导游指着神庙正面的四座摩崖雕像说:"这四尊拉美西斯二世雕像……"

等等!我觉得我的头被非洲的太阳晒得有些晕,此刻我需要静静:在我们熟悉的文化里,如果一个场合并列着多个塑像,那他们一定是不同的人物,比如佛教的三世佛,道教的三清、八仙,或者至少是同一个神的不同法相。而眼前并排四座一模一样、顶天立地的巨大雕像居然是同一个人!那么之前那左右并列、长相酷似的两尊法老,也就是同一个人;那一长排相貌雷同的法老雕像,也都是同一个人……我感觉头顶的烈日忽大忽小。我听到世界观碎裂的声音。

如果你不能体会这份怪诞感,那么请想象你走进成都武侯祠,上面端坐着四尊一模一样、妆金披红的刘备;或者走进天主教堂，看见上面一排四位一模一样的圣母，以同样的姿势各自抱着四胞胎圣婴中的一个。喜欢、崇拜一个人、一尊神，就把他的形象复制多份再粘贴成一排，这是多么任性啊。

只能说文化差异是真实存在的。只能说我们并不总是能以已知去理解未知。只能说我还需要见识更广阔的世界。

意大利行记

遇仙记

入团第一天,帅气的导游在交代注意事项时就特别强调:在意大利旅行,防小偷绝对是最重要的事之一。这与我们来之前在网上查攻略时了解到的一致,几乎每位旅友都说,意大利极少恶性案件,但多的是小偷小摸,且专盯着中国人,因为在他们看来,中国人都是暴发户。从那时起,我们就对这次旅行多了十倍的小心。

第二天在梵蒂冈的圣彼得大教堂,景点导游是个故意晒黑皮肤的华人女孩,她倒没有专门强调防盗这事,只是在介绍到忏悔室的时候说:"忏悔室接受所有人前来忏悔,这其中很大一部分是小偷。教堂这样人流密集的地方,往往是小偷的办公室。他们偷了东西就进忏悔室忏悔,忏悔完了再偷,偷了再忏悔……"大家哄笑起来,同时下意识捂紧了随身的包。

此后的每一天，我们的帅导游都要强调防盗这件事，他早已不只是定性地谈，而是出了一套方法论，教大家怎样识别小偷。他说："这里的小偷多是吉卜赛女孩子，从几岁到二十几岁，肤色有深有浅，但都长得比一般人漂亮。"大家听了几乎兴奋起来，美女神偷啊，神秘又香艳啊。这也很符合我的既有知识体系：小时候看武侠小说，古龙他老人家说过，世界上最适合做坏事的除了老人、小孩、残疾人、孕妇，就属年轻貌美的女子了，因为在他们面前，人们总会放松防范。

帅导游说："她们一般两人一组，无论天晴下雨都喜欢打伞，那是她们工作时用来遮住后面人视线的道具。"我想象那场面，居然奇怪地有些神往。我幻想的情节是：她们出现，挤进我们的队伍，在大家心照不宣的期待中，一个用雨伞使出障眼法，另一个将一只纤手伸进我们团友的腰包，然后有人一声断喝，她俩闻声落荒而逃，当然得手是不可能的。然而，无论是在富庶的国中国圣马力诺，在人流如织的威尼斯，还是在安静的小城维罗纳，始终没有这样两个女孩子混进我们的队伍。

我前后打量了下我们的团，有点明白小偷为什么对我们不感兴趣了，也许不是因为我们看上去不够有钱，而是我们的导游实在太负责了，在他日复一日的强化灌输下，每个人都把包背在身前，有人甚至觉得这样还不够，还要用外套前襟把包裹在里面，像裹着个孩子一样。面对这样严阵以待的一群人，我要是小偷我也只能暗自咬牙啊。

在从维罗纳去米兰的路上，帅导游说："千万不要一提到吉卜赛女郎就以为她们会穿着波西米亚的大裙子，如果那么明显，人家还怎么工作啊。人家也和你们一样，穿休闲服，背 LV 或者 Gucci 的包包。"于是在米兰大教堂，在埃马努埃莱二世长廊，只要看见结伴而行的美丽时髦女郎，我就会暗暗地想：她俩会不会是呢？

米兰大教堂广场上，有人在喂鸽子，有人坐着发呆。在这个制造了最多手工奢侈品的国度，人们就是如此平和、悠闲度日。我突然想到一个问题：意大利人为什么会治不了小偷呢？也许没觉得这是个大问题，也许只是体恤小偷生活无着，没有认真去立法约束吧。

我发现，对于美艳小偷心心念念的可不只有我一个人。从艳阳下的五渔村出来，有人问导游："这都要回去了，怎么一个小偷也没看见啊？"导游也很苦恼地说："是啊，我也没想到。明天去比萨，再遇不到就真的遇不到了。"

第二天，在看完纯白的教堂、洗礼堂和举世闻名的斜塔之后，大家走在回停车场的路上，毫无征兆地，导游突然大叫："快看！她们就是！"所有人迅速往他示意的方向看去，在马路中间的绿岛，两个十七八岁的白人女孩子合撑着一把大伞，两人都是金发碧眼，阳光下容貌艳丽极了。霎时间，我们团里有人吹口哨，有人拿出手机拍照。她俩看样子本来准备过马路加入我们队伍的，此刻看见这阵势，赶紧背过身去躲避镜头，并快速反方向过马路离开。我们队里有人朗声说道："卿本佳人，奈何做贼？"其中一个女孩像听懂了似的转过身，猝不及防地对我们比了一个中指。

团里只有一个人拍到了那一幕，模糊的画面中女孩的表情有点狰狞,更多的人只拍到了阳伞下两个逃走的窈窕背影。

来到朱丽叶的故乡

维罗纳是意大利北部的一座古老小城。灰绿色的阿迪格河从城中安静流过,棕色哥特式教堂的尖顶高高耸立。这里最有名的是圆形斗兽场,是罗马那一个的缩小版,却比那一个要保存完好得多,至今仍在作为文体场馆使用。然而作为一个爱读书的人,我最感兴趣的还是——这里是罗密欧和朱丽叶的家乡。

罗密欧的家是一座城堡,这座十三世纪的古堡已经多次易主,现主人不堪其扰,在门口挂了一块牌子:"罗密欧确实已经不在这里了。"然而还是挡不住全世界各地莎士比亚爱好者的脚步。

好在朱丽叶的家向游人开放,且离圆形斗兽场仅有几百米。铜制拱形大门向两边打开,院墙非常厚,进门须经过一段拱形隧道才到达庭院。两边的墙上满是层层叠叠与爱情有关的涂鸦和纸片,提醒人们正在走进一个属于爱情的领地。庭院深处,常春藤依依的地方,矗立着真人大小的朱丽叶铜像。她身量颀长,右手提着裙摆,左手搭在胸前。我发现,那形态恰好是名画《维纳斯的诞生》中爱神的镜像。也许雕塑家觉得维纳斯的体态最完美,或者认为朱丽叶堪称一尊小爱神,更或者仅仅出于一种神秘的潜意识,总之他把属于维纳斯的姿态给了朱丽叶雕像。眼前的朱丽叶梳着优雅的盘发,面庞清丽,眼帘低垂而目光略忧伤,那神态,其实放在一群缪斯女神雕像中也是和谐的。

朱丽叶的家是石砌的古罗马风格宅邸，二楼一座精致的阳台凸出来，这恐怕是世界文学史上最有名的阳台了。我盯着那空空的阳台看了好一会儿，想象几个世纪以前的月夜，一个半披垂着金发、美得像月亮一样耀眼的少女站在那里，听下面的贵族少年殷切而大胆的表白，起初她脸上的表情是惊疑不定的，甚至是抗拒的，后来渐渐感动、柔软，如春雪一点点融化……想着想着，我的目光便从那阳台硬生生地挪开了。我怕二楼突然有人走上阳台，破坏脑海中那个画面。

想起梁祝故事被称为"东方的罗密欧与朱丽叶"，这两个故事确实有着近乎神奇的对应，不同的是，真实的祝英台与梁山伯隔着朝代呢，他们的故事只能是杜撰，而罗密欧与朱丽叶却很可能真实存在过，是莎翁听来的一个感人肺腑的故事。

阳台后面是朱丽叶的卧室，据说里面陈设着她睡过的床，衣橱里陈列着她穿过的衣服，二楼客厅里摆放着她翻过的书。这时一大波游客涌进来，望着人头攒动的楼梯，我终于还是止步于院子。现代人布置的朱丽叶卧室什么样？像《蝴蝶梦》中曼德丽庄园里瑞贝卡的卧室？像《呼啸山庄》中凯瑟琳的卧室？还是像《飘》中塔拉庄园里斯嘉丽的卧室？罢了，就让我保留自己的想象吧。

我在这个不大的庭院中徘徊，去看墙上的涂鸦和涂鸦之上五颜六色的纸片——后者是用万国文字写成的情书。真是蔚为大观啊。很多人会在这里写情书，写给自己的爱人，或者写给自己理想中的爱人朱丽叶，然后用口香糖粘在墙上。当地市政府为了不让情书覆满整座院子，组织了数量庞大的志愿者，以朱丽叶的口吻给写信给她的人回信。志愿者的数量一定很庞大,因为要通晓那么多种语言。对于我来说,这里的绝大多数情书和墙上的涂鸦一样,都是一种代表爱情的图文符号。

好吧,其实这里并不一定是真实的朱丽叶故居。莎翁说这故事发生在维罗纳,于是聪明的维罗纳政府买下两幢十三世纪的古董宅子,安放了这故事。这有些煞风景,但真实就是如此。你可以说维罗纳人精明,但他们毕竟也给爱情一个故乡,给人们一个缅怀这对旷世恋人的地方。在这个爱情越来越稀薄的年代,还有什么比这更温暖、更重要呢?

比萨斜塔的斜

在英国电影《超人Ⅲ》中,比萨斜塔被邪恶超人扶正了,这真是一个灾难。好在,电影的结尾,超人又把它恢复原样了。和斜塔一样被放回去的,还有意大利人悬着的心。比萨斜塔必须是斜的,不然历史都会被改变。

斜塔是比萨大教堂的钟楼。作为一个宗教建筑,它在一一七三年建造之初一定是垂直于地面的。后来,因为地基松软下陷,塔开始变得向南倾斜,由于其出色的内部构造,塔只是歪斜,却不会散架。斜塔在倾斜中等待它的命运。时间到了一五九〇年,伽利略登上斜塔,用两个铁球做了物理学上著名的自由落体实验。从此,斜塔名扬天下。

比萨大教堂坐落在比萨城的奇迹广场。比萨城是欧洲很多座小而安静的城市中的一座。在欧洲,每一座教堂都形态各异,大的或者小的，都最大程度地凝聚了信徒的虔敬和建筑师的智慧，因此，几乎每一座都称得上是不错的建筑。比萨大教堂的几座单体建筑是统一的罗马风格，教堂典雅端庄且有着半圆形后殿，较小的洗礼堂呈穹窿形，钟楼呼应教堂、洗礼堂建成圆形。但在意大利，它终究还是太普通了。罗马城中的梵蒂冈有圣彼得大教堂，地位超然，巍峨如山；佛罗伦萨有圣母百花大教堂，绚丽而辽阔，如同圣母撒下的一片花海；米兰有米兰大教堂，远看如雪山一般闪耀，近看更如牙雕一般精致。论造型华美，比萨教堂甚至还不如威尼斯的圣马可教堂。

但，比萨大教堂似乎自它诞生之日起就自有一种大气象，它的形态算得上朴拙凝重，且通体雪白，这超脱一切、包容一切的颜色，使它先天地具备了泰姬陵那样伟大建筑的某种属性。然后，它有了斜塔。作为教堂的钟楼，斜塔斜得独一无二，斜得石破天惊，斜得让伽利略在这里做一个举世闻名的科学实验。于是，一座真正堪称伟大的建筑诞生了。现如今，斜塔甚至超越了那些建筑更加伟大的教堂，和罗马圆形斗兽场并列，成为意大利的标志。现代技术已经足以支持人类把任何建筑做成斜的，甚至比比萨斜塔还要斜得多，然而它们注定只能成为跟随者和仿制品，比萨斜塔是唯一的。

二十世纪九十年代，马耳他的蓝窗还没有坍塌，意大利人却在担心他们的斜塔越来越斜、总有一天会塌掉，他们在全世界征集让斜塔不倒的办法。居然真的就有人提出索性把地基垫牢、把斜塔扶正，这个方案对意大利人来说就像一个黑色幽默，很不好笑的那种，当然第一时间就被否决了。后来斜塔还是被固定住了，以那个永恒倾斜的姿态，再也不用担心它会倒掉了。

每天都有从世界各地赶来看斜塔的人，细雨中，落日下，他们漫步在奇迹广场，围着教堂和洗礼堂转圈，购票登上斜塔的顶层。更多的，是用错位借景的方式，摆"pose"、选角度，拍出一张张"发功"把塔推斜，或者力扛着不让它倒的照片。不分肤色、国籍、年龄，每个人都这么跟斜塔玩。无论如何，感谢斜塔的斜。

意大利有句谚语："像比萨斜塔一样永远不倒。"当我写下这些文字的时候，离我在意大利已经过去了半年的时间，这个美丽的国家也在这次席卷全球的疫情中成了重灾区。古罗马文明已经走过千年风雨，希望这一次，这个民族也能迅速地从灾难中站起来，屹立，不倒，就像，比萨斜塔一样。

在欧洲遇见桃花源

如果在意大利自驾去皮恩扎，很容易一不小心开过了，因为它隐在托斯卡纳的奥尔恰山谷中，很小，外形毫不起眼，就像露珠一样。但如果你在它的城门处停下来，往里面一瞧，一切就都不一样了。这里是电视剧《美第奇家族》的取景地之一，其实历史上这个统治佛罗伦萨三百年、推动文艺复兴的家族从来不曾在这里生活，可见这地方的美貌程度。

皮恩扎现在的城市格局和主要建筑是由教皇皮乌斯二世和建筑大师贝尔纳多·罗塞利诺在十五世纪留下的。彼时，皮乌斯二世决定将自己衰败的家乡建成一座文艺复兴风格的理想城，并把自己的夏宫设在这里。他用了三年时间来实现这一切，完成后他用自己的名字给小镇命名"皮恩扎"。此后七百年间，皮恩扎被称为"文艺复兴都市生活的试金石"。一九九六年，皮恩扎被确定为世界文化遗产。

皮恩扎总共只有一条主街，加上两旁的巷陌，全部用脚步丈量一遍也用不了二十分钟。不必说小城中心的主教大教堂、皮克罗米尼宫、市政厅、皮乌斯二世广场——那些自然是卓然高耸、美轮美奂的，即便是走在最寻常的巷子里，也像走在老电影里，随手拍张照片都是明信片，有七百年时光在这里静静流淌。路是石板路，一尘不染，两旁红砖砌就的民居充满古罗马风情。这里伸出一个造型优美的小阳台，那里一排花盆看似随意地挂在墙上，对了，他们家家户户都养着花和爬藤植物。临街的店铺橱窗个个形状不同，但都陈列得雅致、讲究。拐个弯看见凹进去的一小片绿地，随意摆放两张圆木小桌、几把椅子，便是一个小小的酒吧。小城小得就像一个城堡，多走几步就到了城外，可以看见近处颜色层次分明的梯田，远处雾气笼罩、起伏逶迤的丘陵。

我们一早来到这里，街道空而寂静，小城没有一辆汽车。小店店主们刚刚开门营业，巷子里偶尔安静地走过几个当地人。空气中有花香，有皮恩扎特有的 Pecorino 奶酪香。我想象到了中午，这里便成了"托斯卡纳艳阳下"，是一个暖洋洋的小城。

皮恩扎人走路、做事都是舒缓、不疾不徐的。这里的商业气息很淡很淡，他们其实不需要游人，所以从临近的大城市锡耶纳开往皮恩扎的公交每天只有上午下午各一班，错过了就很难抵达。因为没有利益期待，所以本地人无论老少，看见来自异乡的旅行者都不趋奉，当然也不排斥，偶尔眼神交会时会露出单纯、温柔的微笑。那微笑的意思是："你来啦？"走进皮恩扎，便仿佛走进了一个古老、安详的梦境，时间在这里慢下来，一切美好得让你不愿醒来。

托斯卡纳大区的首府是佛罗伦萨，佛罗伦萨大而美、充满艺术气息和历史感；皮恩扎小而精致，就像是佛罗伦萨的缩微版。佛罗伦萨有多大，皮恩扎就有多小；佛罗伦萨有多繁华，皮恩扎就有多冷清。唯一相通的是一呼一吸间那浓郁的文艺气息。

电影《托斯卡纳艳阳下》中，主人公旧金山女作家最终在托斯卡纳找到了她的灵感和幸福。来过皮恩扎，我便更加能理解她。这里离自然和艺术很近，离名利喧嚣很远。离历史很近，离现代生活很远。离心灵很近，离物质浮华很远。这里确有一种令人感到心安、灵魂放松的力量。

对于我这个中国人来说，皮恩扎是现代版桃花源，也不只是现代版桃花源。因为它虽然也有令人心醉的静谧安宁、如诗如画的田园风光，但它更是艺术、文明的产物，不比桃花源鸿蒙初开的原生状态。如果说桃花源是一种际遇，那么皮恩扎就是一种选择。后者并非"不知有汉无论魏晋"，而是历经现代文明的冲击和打磨，在时空中静静沉淀的结果。饱浸艺术和文化的汁液，以出世之心，做入世之事，这是我心中的皮恩扎。来这里度过心灵放空、出离现实的一刻，是我能够想象的生命中最美妙的礼物。

威尼斯的致命吸引

去意大利，主要是为了看威尼斯。

不知从什么时候开始，威尼斯对我的吸引变得致命。也许是从听闻叹息桥开始：一座短短的、巴洛克式封闭雕花的拱廊桥，一头连着总督府，另一头通向水牢——约等于死牢。囚犯在总督府被宣判，押往水牢走过拱廊桥的时候，透过镂空的窗最后一次看向这繁华人间的无边盛景，想到自己将永远与这一切告别，从此永沉黑海，即使再穷凶极恶的人也会发出一声叹息。

这就是叹息桥的故事。

记得自己第一次听到这故事时，全身的鸡皮疙瘩都站起来了，多么美又多么哀伤啊。是怎样美丽的城市，才能把人类对现世繁华之不舍、对生之贪恋激发到极致？或许就是从那时起，我知道此生我一定会去一次威尼斯。

真的来到威尼斯，从大陆方向坐船，一点点靠近，眼前深绿的海水中出现了一片又像童话城堡又像海市蜃楼的城市，令人想起"忽闻海上有仙山，山在虚无缥缈间"。耳边相机的"嚓嚓"声此起彼伏，原来船上的每个人都对这次人生初见期待了那样久。

贡多拉是一定要坐的。威尼斯没有汽车，贡多拉就是这里的汽车。钢琴一样亮黑、尾巴高高翘起的船，走在曲折、幽长的运河里，两边有时是雪白的大理石欧式建筑，巍峨堂皇的，更多的时候就是普通民居的红色砖墙，这时候看威尼斯有些像江南古镇。只不过你知道，无论周庄、乌镇、同里，河里流淌着的都是河水,在这里,是海水。

城中无数教堂、钟楼、修道院和宫殿。如果你看见过其中的一些建筑,比如圣马可教堂,你会深刻地理解为什么威尼斯被叫作"水上迪士尼":教堂在阳光下颜色绚丽又柔和,拜占庭式的圆顶,哥特式的尖顶,文艺复兴式的栏杆,真正的东西合璧,却奇异地碰撞出一种迪士尼梦幻城堡般的萌萌效果。

据说整座城完美保持着五百年前的样子,看上去却没有什么破败感。无数商场、全世界顶级品牌的店铺就隐藏在老房子里,让这座城看起来像个琳琅满目的珠宝盒。本地手工艺品店铺就散布在 Ferragamo、Prada、Gucci、Max Mara 们的门脸之间,彼此亲亲热热地排排坐,无分等级。店铺卖吹玻璃制品、狂欢节面具、意大利手工皮具和各种手工艺品,精美炫目得摄人心魄。吹玻璃制品和狂欢节面具是本地特产,前者威尼斯有个小岛叫玻璃岛,后者威尼斯狂欢节享誉四方。我在那些各色各样、美轮美奂的吹玻璃灯罩、吹玻璃糖罐、吹玻璃花瓶前面徘徊良久,深深感叹"世间好物不坚牢",末了还是一件也没有买。

小时候就听说威尼斯是一座建在海上的城市,那时完全无法想象。这一刻走在这里,石板街道坚硬,更加无法想象脚下竟是一片"森林"——以木头插在海中滩涂的泥里,再以一种叫做伊斯特拉石的石头铺在顶上做成地基,然后在这个地基上建起的城。木头何以那样长、那样承重?伊斯特拉石何以做到无缝拼接、完全防水?最重要的,海里的滩涂何以如此坚固、木头不会下陷吗?对我来说,威尼斯比金字塔还要神秘、难以理解。

其实城市是在下沉的。据说过去的一百年间下沉了二十三厘米，但却不是因为滩涂或者木头出了问题，而主要是因为全球变暖导致的海平面升高。按照这个速度，八十年后，威尼斯将从这个星球上消失。是的，这是威尼斯对我有致命吸引力的第二个原因：这座令歌德、拜伦、拿破仑为之倾倒的城市，奇异、美得像上帝的一颗泪滴，却在慢慢地沉入海底。

也许只能寄希望于科技昌明，不要在将来让"威尼斯"这个词成为人类的一声叹息。

威尼斯的落寞

在本地人眼中，威尼斯已经死去很久了。

二〇〇九年十一月十四日，一个由三艘贡多拉组成的送葬队伍，载着象征死去的威尼斯的粉色棺材，沿着反S形的运河缓缓前行。一男子披一袭黑色斗篷立于船头，用威尼斯方言朗诵着挽歌。到了著名的里亚尔托桥，众人把棺材抬上岸，抬到市政厅前面。有人砸碎棺材，取出一面画着凤凰的旗帜，展开，象征着期待这座城市可以凤凰涅槃、浴火重生。威尼斯常住人口逐年下跌。从一九五七年的十七万四千，到那一年的十月份，跌至不足六万。

也许在真正的威尼斯人心中，自己的城市应该始终是中世纪的鼎盛模样。那时，威尼斯虽然只是一座小小的城邦，却因为地处要害，控制着东西方海上贸易线，在海外拥有无数领地和巨大影响力，创造了空前绝后的繁荣。庞大的东方帝国们难以想象，控四海而扼五洋，制霸地中海的海上势力居然是建在滩涂上的一座小岛。尤其是在恩里科·丹多洛的时代,这位威尼斯的雄主在第四次十字军东征中攻破东罗马首都君士坦丁堡,令威尼斯的海上势力大幅东扩。从君士坦丁堡掠来的无数艺术品和奇珍异宝,至今还散藏于威尼斯的众多博物馆与教堂中。

中世纪是一去不复返了。如今的威尼斯仍然名振寰宇,华灯万丈,每年游客吞吐量高达两千多万,周末一天就有八万游人涌进来,要知道其岛屿面积尚不足八平方公里。与此同时,本地人每天都在逃离威尼斯,运河沿岸的房子里,游客远比本地人多。水上迪士尼大陆和岛屿间的航道,进来的是游客大军,出去的是小城青年。会一直留下来的,怕只有墓地岛上沉睡的人们。

雨后积水的圣马可广场,人和风景皆水上水下交相辉映,整个广场如同水晶盒子般表里澄澈、亦真亦幻。这是游人的天堂,却是当地人的噩梦。由于海平面升高、地基下沉,近年来威尼斯饱受水患之苦,平均每年淹水六十多次,一些地方一年甚至超过两百次。水灾最严重时,城市最高水位达一点九米。洪水对古建筑造成巨大破坏,威尼斯甚至面临失去世界遗产地位的危险。更严重的是,如果没有有效的措施,近在二〇五〇年,威尼斯的大部分就将永远沉于海底。

威尼斯是很贵的城市。贡多拉是很贵的交通工具,乘坐一次要四十欧。而一条贡多拉的售价是五六十万人民币。为什么一条木船要卖一台好车的价?答案是工艺精美、产能有限。当地人生活必需的水上巴士,一日票在十五欧以上。我们吃的墨鱼面——一种浇头有点特色的意面,价格也在三十欧左右。吃着吃着脑子里就循环起郑智化的歌词:"这不再是个适合穷人住的岛。"

整个城市只有一种产业,就是旅游业。披萨和手工冰淇淋每天都在被哄抢,然后留下遍地缤纷的包装纸垃圾。据说当地人如果不想从事旅游和餐饮,在家乡是找不到工作的。写到这里,突然想起我们走过的相当大范围的街道,商店好像只有两种:名店和工艺品店。当地人生活所需的菜场、普通餐馆、普通超市,在这里是看不到的。活的城市的烟火气,在这里是没有的。整个城市专为游客而设,是一个流光溢彩的巨大布景,一朵常开不败的假花。

据说世界级的旅游城市中,变成布景的远不只威尼斯一个,比如荷兰的阿姆斯特丹、西班牙的巴塞罗那。想起之前看到报道,每次发生店铺宰客事件,威尼斯市长的回应一般都类似于:我们的东西就是卖这么贵,嫌贵的话请你们不要来威尼斯旅游了。那时只觉得怎么会有这么二百五的官员,这一刻想起张爱玲的句子:"你如果认识从前的我,也许会原谅现在的我。"突然就有些理解了。

疫情之下,全球旅游业一夜入冬,市长的期望是实现了。但愿经过这场休养生息,威尼斯在未来能变得更好。

漫步永恒之城

时光在罗马似乎是静止的。

在一个本地老人眼里,今天的罗马城和六十年前没有变化。再上溯两千年,据说假如一个古罗马人魂兮归来,也不会迷路,因为这城市和古罗马城相比,框架还在,最主要的建筑比如皇宫、斗兽场也都还在。

我知道罗马有一个现代化的新城,在距离老城六公里的地方,非常现代化,被叫作"欧洲城市花园"。可是谁要去看它呢?那样的只需去香港、去新加坡看,再不然去迪拜总可以看得到。

让我痴迷的永远是老城。走在罗马老城,你不会看到任何新建筑。满城都是十六、十七世纪甚至更早的老房子,有着古罗马式、巴洛克式、文艺复兴式的造型,自然陈旧的肌理和颜色,散发着岁月的气息。一千八百多岁的古罗马公共浴场和皇宫遗址、快两千岁的君士坦丁凯旋门、两千岁的万神殿、两千多岁的斗兽场散布其中。路边随处可见的喷泉、精美绝伦的雕塑,最晚也不会晚于十六世纪。

触目所见皆是艺术,一呼一吸都是历史。

著名的《威尼斯宪章》规定,对于老建筑,任何会改变形状和颜色的新建、拆除或变动,都是绝不可以的。罗马人遵守得分外彻底。城墙外不远处路边的加油站,下雨天工人打着伞工作,雨水顺着伞沿滴滴答答地落在油枪上,落在工人宽大的工作服上,不一会儿就湿了半边身子,但是搭遮雨棚是不允许的。埃及大使馆在阿达公园里,没有围墙,只在小径分叉处立一块不显眼的牌子,提醒行人不要误入,因为这里本来没有围墙,筑墙是不可能的。

王尔德说:"往昔的唯一魅力在于它已是过去。"可是罗马人并不把满城的老建筑、喷泉、雕塑当作"过去"供进玻璃罩子里,而是一边维护它们,一边继续使用他们。政府部门、办公场所、餐馆、超市、民居就设在这些老建筑里,西装革履或者穿牛仔T恤、穿套裙的现代人,出没在几百年前的房子、几千年前的街道里,几十个世纪的光阴就这样交叠在一起。

城里的教堂有几百座,多数建于文艺复兴时期。根本不需要去到梵蒂冈圣彼得大教堂那样举世闻名的名胜,曲折深巷里任何一座不起眼的小教堂,教堂建筑本身,里面的壁画、雕塑、装饰都可能出自名家之手,加上经年收藏的艺术品,一座教堂就是一座艺术殿堂。时光走过六百年,现在这些教堂每天仍有望弥撒的人出入,有唱诗班的吟唱被风送得很远。

在别处,老建筑是文物古迹;在罗马,老建筑是生活本身。古迹笼罩在人间烟火气中,凝固的历史走入现代人的生活,走入寻常百姓家。从后工业时代的世界进入罗马,就像一头跌入好莱坞黑白老电影里,一定会有种时空交错的恍惚感。

城里汽车很少。为了减少尾气对建筑、雕塑的伤害,公交车之外的所有进城车辆都要交昂贵的城市税,包括出租车。这让这座城市的马路显得比别处空旷,因此更不像一个现代城市,也更不像真的。

古罗马城墙根下,一带衰草寒烟。红色的夕阳落下去,荒草杂树从破碎的台阶缝隙中长出来,高高的雪松兀自挺立着。暮云低垂,满城的房子都是旧旧的,如同从来没有新过。一千八百多岁的古罗马皇宫,两千多岁的斗兽场,那些当然早已是废墟了。

雪莱在一八一八年给皮科克的一封信里写道:"时光把大剧场变成多石的小山,上面生长着茂密的野橄榄树、桃金娘、无花果树。几条小径像线条一样,在残破的阶梯和无数的走廊中蜿蜒。"

写的就是罗马呀。

《罗马假日》与罗马

还记得《罗马假日》吗?

奥黛丽·赫本的天使容颜、冰清玉洁,公主与平民千年等一回的爱情。张爱玲说:"人生最可爱的当儿便在那一撒手罢?"这一小段偷来的快乐时光,这场美丽的错误般的爱情,便是未来女王宝相庄严的人生中唯一一次的"一撒手",对于她和她的平民恋人来说,都是"不多的一点回忆,将来是要装在水晶瓶子里双手捧着看的"。

可是,为什么是罗马?为什么不是巴黎、伦敦、柏林、米兰?

赫本剪去公主的长发,剪成"赫本头"的小理发店旁边,是许愿池喷泉,罗马最后一件巴洛克式杰作。海神的气势、雕像的精美,都不是语言形容得出的。赫本穿着大圆裙和平底鞋,坐着,笑嘻嘻吃冰淇淋的西班牙大台阶,由法国波旁王朝出资修建,因历史上旁边的西班牙大使馆而得名。现在这两个地方每天游人如织,因为太多人想在台阶上以赫本的姿势拍照,政府不得不颁布台阶上禁坐、禁吃冰淇淋令。

格里高利·派克把手伸进去,假装手掌被咬断,吓得赫本花容失色的"真理之口",可能是世界上第一台"测谎仪",如今早已被来自世界各地、各种肤色的手磨得锃亮。它本来是一只雕刻着海神波塞冬的儿子特里同头像的古罗马时代井盖，安放在科斯美汀圣母教堂入口处。这座因《罗马假日》而走红的小教堂，其实只是罗马的教堂中的沧海一粟。

赫本和派克在夏夜的河畔音乐会上狂欢，背景是圣天使堡和圣天使桥。这座城堡建于公元一百三十九年，原本是罗马皇帝哈德连为自己及继承者设计的皇家陵墓，在历史变迁中曾作为军事堡垒、监狱、兵营，最后在六世纪被改建为教皇宫殿。城堡前的圣天使桥连接台伯河两岸，桥栏上矗立着耶稣的十二门徒雕像，其中两尊出自贝尔尼尼之手。六十多年、大半个世纪过去了，据说这里连路灯都没有变，完全保持着电影中的样子。

更不必提电影中一掠而过的威尼斯广场、共和国广场，以及古罗马斗兽场。后者是人类早期蒙昧、残忍历史的见证，今天罗马满城的雪松树，据说最初就是为了吸收空气中的血腥气而栽。我们知道的是，罗马斗兽场的声名地位早已无须任何一部电影哪怕是《罗马假日》的加持。我们不知道的是，就在斗兽场的西侧，还有建于公元三百一十五年的君士坦丁凯旋门，它是巴黎凯旋门的蓝本。

与其说这部电影的拍摄背景"无一处无来历"，不如说罗马本身是世界上最大的一座露天博物馆、一座永恒之城。镜头所到之处，想找一座没有故事的建筑、一面没有历史的墙都难。

"西罗马，东长安""罗马不是一天建成的"，近三千岁的罗马城，至今仍保持着历史古旧的容颜。连一片路基、一个水龙头都是古迹。走在这里，常会有种时空交错的恍惚，一种时光倒流的不真实感。余秋雨这样形容第一次看到罗马的感受:"沉默的是我们,大家确实被一种无以言喻的气势所统摄。"这里的无数雕塑、宫殿、教堂,便是整个西方艺术的源头。文艺在这里复兴,从这里流向全世界。

在电影的结尾,当被记者问到:"在您访问过的城市中,您最喜欢哪一个?"头戴王冠、被华丽繁复的白色礼服紧紧包裹的赫本看向人群中派克的眼睛,一字一顿、无限凄然地说:"罗马,当然是罗马。"

"罗马,当然是罗马。"罗马假日,如果换成别的假日或许也可以,但是,一定没有罗马假日这般美好绝伦。最美的城市,用来承载最美的时光、最美的人。最古老的城市,搭配最纯洁的初恋、最飞扬的青春。如同阳春配新雪,又如老树发新枝,分外明艳,动人心旌。

新加坡和越南掠影

夜晚穿过雨林去看野生动物

敞篷小火车慢慢行进,驶进雨林。灯光渐稀,眼睛逐渐适应了黑暗。空气凉凉的,沾衣欲湿。耳边似有无数种虫鸣,既安静又喧嚣。夜色中的雨林只见黑黢黢的轮廓,很魔幻,很神秘,仿佛个中埋藏着多少秘密,又有多少故事正悄然上演。我觉得自己像掉进兔子洞的爱丽丝,看看周围同一辆车上的人们,也都是一脸新奇而期待的神色。

耳机里的讲解非常轻柔,仿佛怕惊醒这沉睡的雨林和动物们。事实证明我们想多了,"夜猫子"这词怎么来的——动物们夜里全都醒着。很快,我们便看见这些黑夜中的精灵们了。羚羊们的嘴一动一动,一边咀嚼,一边用一侧的眼睛看着我们,眼神无辜而温和。亚洲象一家三口,象妈妈用鼻子给小象挠痒痒,用耳朵给他扇风,象爸爸在一旁打盹儿,一副事不关己的样子,酷似某些人类家庭。野牛四五只，或站或卧，就在小火车轨道的左边，我能闻到它们身上淡淡的腥味，甚至我探出身子就能够到它们，然而我没有，我只是默默地注视它们，如同它们默默地注视着我们。

小火车在雨林中安静滑行，铁轨左边突然出现了一队人类蜡像，他们伫立在黑暗中一动不动，被若有若无的车灯照得脸色灰绿，人鬼莫辨。全车的人都悚然而惊，空气瞬间凝固。蜡像们显然感觉到空气的异样，他们动了，确切地说是笑了，露出白森森的牙齿，同时却也有了生气，原来是一队徒步游览的黝黑南洋人。他们在等待小火车驶过，好到铁轨的另一侧去。小火车上的所有人同时松了口气，也轻轻地笑了。我想起刚刚看到的懒猴、眼镜猴、麝猫、斑鹿、沙袋鼠、刷尾负鼠，都是憨态可掬的小动物，令人觉得可亲可爱，随后这群南洋人出现了，整个过程就像一个寓言，告诉我们动物并不可怕，真正可怕的是人类自己？

敞篷小火车继续往前，花豹在夜色中有着宝石般的蓝绿眼睛，十分慑人，然而它们是动物王国的君子，看见人类的小火车驶近便悄然远离，只留下一个优雅、傲岸的背影，很快连这背影也消失在黑暗中。远远地听见猛兽嗥叫，讲解词说，那是非洲狮。深夜山谷中，这嗥叫震天动地，原始而凄迷，百兽闻之瑟缩、噤声。看见它了，果然是王者，孤零零地站在小溪的那一边。近了，小火车适时地停下来，我们便这样与百兽之王对峙。它有些居高临下地看着我们，眼神摄人心魄。它突然长嗥，血盆大口怒张，钉耙般的牙齿森然反光，天地间充斥着那恐怖的巨响。我看见车上所有人的脸上都写着"我是肉食"几个字。以眼前这头狮子的体魄，它一跃便可跨过小溪，然后，我们这车人中的一个或几个便要无可避免地成为它的夜宵。然而，嗥叫过后，它始终只是倨傲地看着我们，不动如山。我知道一定是夜色掩去了玻璃隔断或铁栅栏，不然兽王对闯入者不会如此客气。

四十分钟的游览仿佛只过了一半时间，前方却已灯火璀璨，解说词提醒游览结束了。

返程的汽车渐渐驶离远郊，朝新加坡市区驶去，我们又将回到那个文明繁华的世界。一路上我默默地想：人类自以为是自然界的灵长，我们为所欲为，我们统治世界，我们肆意破坏，然而当人卸去了工具、技术赋予的盔甲，被送入属于动物们的时空，和动物近距离对视，那一刻，人类和动物都只是大自然的孩子，人类甚至不是体能强大的那一方；那一刻，人和动物是平等的，大家平等地共生在这个小小的星球上，唇齿相依；那一刻，人终于认识到自己的渺小、自己的狂妄。也许，这便是夜间野生动物园存在的意义。

在大叻，我们都是小孩子

十月，我们走过的越南仍然热得蒸腾，但一到大叻，立刻有了凉意，要从行李箱里找出长袖来穿。随着温度降下来的，还有声音。这座满城法式老建筑的山城安静得惊人，春香湖、老火车站、天主教堂，到处散发着静谧的气息。至于有名的竹林禅院，更是"落叶满阶红不扫"，给我们的感觉是，这是一座中年人的城市。所以，当我去到疯屋子的时候，才越发地惊愕，几乎不相信和前两天是在同一座城。

疯屋子处在小城的高处，一座热带花木葳蕤的迪士尼风格园林中。它的外形像达利的画作或者梦境本身，漂荡着，流动着，疯狂而柔软；又像是西班牙建筑鬼才安东尼奥·高迪的作品混合迪士尼梦幻城堡风格。有人说它像一棵腐而未朽的大树，好吧，姑且先这么认为吧。腐树身上千疮百孔的洞是这幢建筑形态各异的门窗，树杈之间悬着的藤蔓是连接主楼与从楼的桥。建筑中的路像山间小路，房间像树洞，柱廊像树干，楼梯扶手全都像爬藤，最大程度地契合大自然的样子。进出、上下或者拐弯的设计，总是以最匪夷所思的方式。各种动物形象的雕塑、奇花异卉点缀其中，整座建筑就是一片魔法森林。当你在里面游走，走累了，坐在一个窗台上休息，拍出来的照片可能是你正坐在一只猛兽的嘴里。

其实，疯屋子还是一家旅馆，且名列世界十大奇特旅馆。旅馆总共只有十个房间，每个房间都以不同的动植物为主题，有表现中国人英勇无畏的"老虎洞"，象征美国人强大的"老鹰屋"，还有象征越南人辛勤的"蚂蚁屋"。各房间内的家具和装饰全部切合主题手工制作，独一无二。据说晴好的夜晚躺在疯屋子里的床上，可以看见满天繁星。这让我想起卡尔维诺《树上的男爵》，柯希莫男爵在树上的家，是否就是这些房间的样子？

整座建筑还在不停地"生长"，建筑的高层有一些还没有装修好的"树洞"裸露着，让人忍不住想象它们未来会长成什么样。在走过无数蜿蜒曲折、忽上忽下的路之后，终于到了建筑的最高处，一下子豁然开朗。头顶蓝天白云，整个山城尽收眼底，家家户户各种颜色的房顶全都匍匐在脚下。

忍不住深深呼吸。大多数人都曾有过的那些抽象的梦境、那些关于世界的狂想，转瞬就被我们遗忘，消失在琐屑而灰色的现实生活中。然而在这里，有人把它凝固为一座建筑，呈现在每个人面前。疯屋子应该是孩子们的天堂，可是我看见，来这里的大人比孩子要多得多，惊呼雀跃的也多是成年人，孩子们反倒都比较淡定。是啊，现在的孩子什么没见过，而大人们呢，童年丰富的来这里找回忆，童年贫瘠的来这里找补偿。归根结底，充满童趣的时光，只有永远回不去了才会懂得其可贵，就像《安徒生童话》《格林童话》，其实只有经历过世事才能真正看懂。《小王子》里说："所有的大人都曾经是小孩，虽然，只有少数的人记得。"其实很多大人都记得的，他们让那个小孩住在心里，仅仅在少数时刻，放任他出来撒个欢儿。

记得在疯屋子里有个房间陈列着建筑师的照片和事迹，建筑师 Dang Viet Nga 是十分美丽而有风采的女子，在苏联取得建筑学博士学位，她的父亲 Truong Chinh 曾是越南共和国国家主席。我总觉得，Nga 清秀而东方韵味十足的眉眼中有着一丝忧郁的阴翳。能设计出疯屋子这样的建筑的女子，不知她是否有一个快乐的童年？

在发现疯屋子之前，我以为大叻就是一个安静、美丽得像瑞士的小城，一个深受法国人偏爱的避暑胜地。来过疯屋子之后，我才明白大叻还要丰富、有趣得多。就像，很多中年人，都比他乏味的外表要丰富得多。

南京印象

芦蒿、冰草和菊花络

作为一个新南京人,我即将在这座城市度过第十三个春节。虽然我知道越来越多的家庭选择在饭店吃年夜饭,但感谢我慈祥贤惠的老南京婆婆,至今我们都能回家吃这顿一年中最重要的饭。

一桌南京年夜饭里一定会有鸭子。那句话怎么说,没有一只南京鸭子能游过长江。我从来没见过一个城市的人对鸭子有那样深沉的热爱,大概只有成都人对兔子的热爱可以与之媲美。有一年禽流感肆虐,鸭子被迫从饭桌上撤掉,我不止一次听到有南京人对着品类惊人的水陆珍馐哀叹"没得吃的"。来南京之前,我相信咸鸭蛋是盐水鸭生的;来南京之后,我相信北京烤鸭是明朝贵族从南京带到北京的。

一桌南京年夜饭里一定会有香肚。南京香肚如同金华火腿,都是声名远扬的。袁枚《随园食单》记载:"周益兴铺在彩霞街,八十多年,专制售小肚,闻名大江南北。"虽然在我这个外地人看来,香肚不过就是球形香肠,论味道也是见面不如闻名,但是据说正宗香肚的做法已经失传,老一辈人曾经吃过"此味只应天上有"的香肚,可惜我辈无福品尝了。

一桌南京年夜饭里一定会有虾。小龙虾这两年貌似在全国流行起来了,但南京绝对是最早爱上小龙虾的城市之一。你无法想象十多年前,当我在龙虾上市时节走进一个饭局包间,看到桌上十多盆菜,居然全是不同做法的龙虾时,我内心受到的那种震撼和惊吓。一次吃自助餐,我很自然地越过小龙虾,然后听见服务员在我身后压低声音呼朋引伴:"快来看啊,居然有人不吃虾子!"南京人的小龙虾,如同重庆人的火锅,早已成为一种生活方式,他们无法想象有人居然会不爱吃。

江边的城市总是爱吃鱼的。南京年夜饭里的鱼可能是青鱼、草鱼、鲢鱼、鳙鱼、黄鱼、白鱼、鳜鱼……更可能是鲈鱼。《晋书·张翰传》载:"翰因见秋风起,乃思吴中菰菜、莼羹、鲈鱼脍,曰:'人生贵在适志,何能羁宦数千里,以要名爵乎!'遂命驾而归。"这是"莼羹鲈脍"的由来,也可见吴人有吃鲈鱼的传统。这个典故中的菰菜就是茭白,和莼菜一样,至今仍然出现在南京人的饭桌上。莼菜是非常清雅的菜蔬,形状和质感都像微型的荷叶,入口清鲜滑爽。总觉得《红楼梦》里的小荷叶莲蓬汤中应该放了莼菜,取其形似而有清香。

江南清雅的蔬菜多。南京年夜饭少不了的还有炒芦蒿。因为苏东坡的诗,芦蒿的名气非常大,它的色、香、味、形也都配得起它的名声，但也有人受不了它浓郁的味道，就像总有人不喜欢芫荽。南京年夜饭的桌上会有冰草，这是一种近年由非洲传入江苏的植物，其外形令人一见难忘——鲜嫩多汁的碧绿茎叶外面，竟形似天然披着一层细密冰珠，看上去冰清玉洁、如诗如画。新鲜洁净的冰草蘸着酱汁生吃，自然是香脆爽口的，但是不能多吃，因为性寒。来自热带，外形和内心却高冷，冰草真是一种有趣的植物。南京年夜饭里会有菊花络蛋汤。菊花络，这名字令人拍案叫绝：这种植物叶子似菊花叶而娇小，茎丝丝络络，"菊花络"三个字无比传神、文质兼美，命名的人一定是个诗人。南京人曹雪芹在《红楼梦》里写到芦蒿炒香干、芦蒿炒面筋，却没有提到冰草和菊花络，窃以为如果不考虑时空因素，冰草、菊花络与《红楼梦》实在不能更搭。

　　作为一只草食动物，我是更爱南京年夜饭中的素菜的。"江南无所有，聊赠一枝春"，正是烟雨江南的春意孕育了那样多灵秀、美好的蔬菜。我们在除夕夜里享用着江南的物华天宝，家家户户笑语喧哗中，迎来一个又一个春天，新南京人慢慢变成老南京人。

做一把金陵折扇给你

　　这个春节，毫不意外地，南京又一次成为重要旅游城市。满城都是游客，夫子庙、秦淮河一带尤其人头攒动、人流如织。夫子庙沿街的工艺品小店几乎家家卖折扇，只不过这种工业化生产的折扇，已经与时光中名动天下的金陵折扇没什么关系了。

明清时节，江南贡院还是中国南方的科考中心，士子们来这里考试，离开前多半会买一柄金陵折扇带走。金陵折扇为四大名扇之首，又产自"天下文枢"南京，在士子们心中简直就是读书人文品和人品的象征。那时，通济门一带家家制扇，南京至今还保留着"扇骨营"的地名。

时移世易，金陵折扇因为价高，又是季节性商品，其生产逐渐转移到城郊的农村，后集中到城东栖霞山下石埠桥一带，匠人们农时种田，闲时制扇，所谓"吃了重阳酒，做扇不离手"。如今更只有南京金陵折扇工艺研究所、南京王克礼金陵折扇制作技艺工作室两家专业机构，主理他们的老师傅，都是省市工艺美术大师、非遗传承人。

"扇"字从"羽"，可见最早的扇子是用羽毛制的。据晋陆机《羽扇赋》载，楚国大夫宋玉、唐勒"皆操白鹤之羽以为扇"，可知战国时已有羽扇了。苏轼《念奴娇·赤壁怀古》中"羽扇纶巾"的描述更是脍炙人口。

而折扇起源于宋代，盛行于明代，古称"聚头扇"，又称"折叠扇"。金章宗完颜璟有《蝶恋花》一阕咏折扇：

> 几股湘江龙骨瘦，巧样翻腾，叠作湘波皱。金缕小钿花草斗，翠条更结同心扣。金殿珠帘闲永昼，一握清风，暂喜怀中透。忽听传宣颁急奏，轻轻褪入香罗袖。

可见当时，折扇是连皇帝都爱不释手的工艺品。

折扇能推广到民间，明成祖朱棣起了重要作用。明陆容《菽园杂记》载："上（指明成祖，笔者按）喜其卷舒之便，命工如式为之。"此时朱棣尚在南京，于是制扇业从南京发源。

明周晖《续金陵琐事》载："南京折扇名天下。成化年间，李昭竹骨、王孟仁画面，称为二绝。"金陵折扇的工艺流程可简单分为制骨和制面。为了让一把竹扇的扇骨"白如玉，光如镜，薄如蝉翼"，选料只选生长四年以上、未掐过尖的上好毛竹。一般砍下来的毛竹是拖下山的，但制扇的竹子要保证表面完整、光滑，须就地截裁、蒸煮，后者是为了去掉竹子中的蛋白质以防蛀，用蒲包打包运回，再反复晒、露水浸，所谓"白晒夜露"，等竹子彻底失去青色才可劈制扇骨。以上还只是最基础款的竹扇的选料，更讲究的便用湘妃竹、罗汉竹、桃木、乌木、檀木、鸡翅木、象牙、玳瑁、兽骨等做扇骨。

扇骨劈好后用节节草、沙叶及手掌打磨，内骨不能厚于十分之一毫米。扇骨磨好后便到了更见功力的"刀边"环节，就是手工雕刻出扇骨的形状，有如意头、琴式、螳螂腿、水浪式、瓶式、荸荠头、橄榄头、玉兰头、方头、圆头、金鱼头等各式。一切都取决于老艺人的技术和手感。

把金陵折扇和金陵竹刻结合起来，更是金陵折扇一绝。只见所镌花草玲珑有致，所雕山水蔚然鲜明，所刻行草楷书数百字圆转自如、气韵贯通。无论阴刻阳文，皆穷工极巧、浑然天成。在此基础上还有镶嵌工艺，象牙、兽骨、红木、玳瑁、玉石、珊瑚、金银、贝壳等皆可用于镶嵌，以镂空、拉花等造型工艺，形成山水花鸟、故事人物等不同图案。当然，那就更加矜贵，不是我们日常能见到的扇子了。

金陵折扇的扇面不用绫绢,而用花纹清晰的棉料宣纸,上胶矾裱制而成,原因是"宣纸寿千年,陈丝如烂草",即宣纸比绫绢的寿命更长。更考究的扇面或贴云母,或洒金箔。相比于做扇骨,制扇面更考验工艺,比如"收褶"环节,每个褶都要正对扇面的圆心,假如一个褶相差十分之一毫米,十个褶就相差一毫米,扇子就打不开了。

仍然以标准款的竹扇为例,从选料开始,经过煮青、晒青等大小五十四道工序,到全手工做成一把扇子到你我手中,在阳光雨露都理想、及时的情况下,最快也要两个月。在这个一日千里的时代,用两个月时间做一把扇子给你,这是何等的虔敬与用心啊。至于你拿到这把扇面全白的扇子,请何方名家题字作画,那便是"不意铺开千里水,有时叠起六朝山"的见仁见智了。

因为售价实在不菲,有时候一连好多天都卖不出一把折扇。制扇师傅在深蓝色围裙上搓搓手,呵呵笑着说:"也好,算上人工的话,卖一把赔一把。"老师傅没有说的是,他们几位都年近耄耋了,再招不到徒弟的话,其实更是卖一把少一把了。

看着几个老师傅们的背影在方寸之地的作坊里迟滞地移动,看着他们用粗糙皲裂而灵巧的手劈料、磨料、刀边、收棱、拿火、烫钉、裁纸……空气中都是竹屑的清香、宣纸的绵香,再抚摩手中的金陵折扇,突然觉得这岂是一把简单的扇子啊,这是千年流转的时光,是烟雨江南的四季,是文脉昌隆的历史,是诗画风流的余韵,是匠人匠心的凝结啊。

"数摺聚清风,一捻生秋意。"什么时候,我们老祖宗传下来的好东西,也能像意大利手工皮具、巴黎高定时装一样,让全世界都知道它的好,就好了。

第一金陵明秀山

南京多山。城南有牛首山,城北有老山,城东有紫金山、栖霞山,城中有五台山、九华山,城西有清凉山。但是乾隆皇帝说,栖霞山是"第一金陵明秀山"。

栖霞山有多明秀?明万历朝的状元焦竑说:"金陵名蓝三,牛首以山名,弘济以水名,兼山水之胜者,莫如栖霞。"

"名蓝"即有名的寺庙。栖霞山起初确实以栖霞寺闻名。公元四百八十年,南下的南齐名士明僧绍在众多名山中选择了摄山筑屋而居,屋名"栖霞精舍"。山名"摄山",是因为山中多草药,可以摄生,即养生,葛洪、陶弘景、李时珍等都曾来这里采药。明僧绍离世前舍宅为寺,即栖霞寺,摄山便从此被称为栖霞山。

"一座栖霞山,半部金陵史。"栖霞山的美,是自然之美与人文之美的交融荟萃。秦始皇统一中国后,南巡北还,渡江到此,留下了"始皇临江处"的遗迹。明僧绍身后,他的儿子明仲璋在栖霞山主持开凿了千佛岩。石像依岩石高低而刻,线条刚健洗练、造型大巧若拙,被学界认为"上承云冈,下开龙门",又被誉为"江南云冈"。窟间各朝名人题刻数十款,以北宋题刻最多,最早为梁中大通二年题刻。

陈后主曾命江总撰《摄山栖霞寺碑》,并命当时最有名的书法家韦霈书写，可惜毁于唐武宗会昌年间的灭佛运动。如今存世的江总碑，是近年新刻的。栖霞山更有名的一块碑源自唐高宗李治。明僧绍曾多次谢绝宋齐两朝的征召，拒不出山入仕，被后人尊称明征君。其六世孙明崇俨擅长神道法术，很受唐高宗宠幸。上元三年，唐高宗亲撰"摄山栖霞寺明征君之碑"碑文，高正臣书写；而碑阴的"栖霞"二字，传为李治亲笔。这块碑自然免于会昌年间那场劫难，至今仍旧伫立着。

最爱栖霞山的皇帝，还得是乾隆。乾隆六下江南，五次驻跸栖霞山。为什么只有五次？因为第一次来的时候，栖霞行宫还没有建好。行宫建筑包括春雨山房、太古堂、武夷一曲精庐、话山亭、夕佳楼、石壁精舍、御花园等。乾隆曾给栖霞山的一些景点命名，比如今天一进栖霞山，看到的第一处景观"彩虹明镜"就是他命名的。乾隆在这里作诗一百一十九首，撰楹联、匾额五十余副，其中最有名的，就是那句"第一金陵明秀山"。

"栖霞山中子规鸟，口边血出啼不了。""怀人千佛岭，避暑碧霞巅。试问山中乐，何如品外泉"……六朝以降，栖霞山的美吸引了文人纷至沓来，顾况、李绅、刘长卿、皮日休、齐己、王安石、王世贞、李贽、徐渭、董其昌、袁宏道、王士禛、朱彝尊、袁枚、孔尚任、蒋士铨、顾炎武……这个群星闪耀的名单可以列得很长很长。诗人们在这里题咏，茶圣陆羽来栖霞山采茶，后者有皇甫冉五言律诗《送陆鸿渐栖霞寺采茶》为证。栖霞山，还是明末名人诸如李香君的隐居之地，留下了李香君墓、桃花扇亭等景观。

"春牛首，秋栖霞。"至迟从明代起，秋日登栖霞山赏红叶便成为一种风尚，故又有"北香山，南栖霞"之说。今天我们走进栖霞山，一路拾级而上，山色空翠、鸟鸣林幽、清泉淙淙、白石掩映，纱帽峰、品外泉、禹王碑、试茶亭等四十八景便散隐于山中林间。天开岩形如被天神一刀劈开，留下的刀缝就是一线天，仅容一人穿过，上面刻着"醒石"二字。叠浪岩是一片溶蚀的石灰岩，溶沟与石芽参差交错，景象奇妙，难以言传。枫林湖边乌桕的黄、枫叶的红令人怅惘地交织着，倒映在一泓宁静、澄澈的湖水中……若于秋日登山，则木栈道旁的红叶高高低低地向你招手；极目望去，万峰一片云蒸霞蔚。一路峰回路转，会当临顶，于始皇临江处临风远眺，则水天一色尽收眼底，看大江东去不舍昼夜，百舸争流、碧云飞渡。

栖霞山的美是千年时光沉淀而来。走过陶弘景、李时珍们踏过的路，看着王安石、孔尚任们吟咏过的风景，品着陆羽采过的茶，吹着秦始皇吹过的风，有时禁不住想：我们这一代人，又能给栖霞山留下点什么呢？也许是栖霞古镇吧。秦始皇三十七年，在栖霞山一带设"江乘县"，近年来南京市对古镇恢复旧观、修旧如旧。如今你来栖霞山，除了登高望远、赏枫品茗，还能在山麓的栖霞古镇欣赏非遗、看民俗表演、品金陵美食，最后带一肩栖霞山的红叶和风露回家。

二〇二四年的世界读书日，作家叶兆言来栖霞古镇做读书分享。他说第一次在这个季节来栖霞山，从前只知道"秋游栖霞"，没想到春天的栖霞山也这么美。他还说，栖霞山上的千佛崖、山下的南朝石刻是人类历史文化宝库中的珍宝，值得大家去亲眼看一看。

我那被误解的故乡

在我生活的城市,有路名"汉中路",有地名"汉中门",每次经过,心底都会漾起温柔的涟漪。

我知道,央视主持人胡蝶是汉中人,写《步步惊心》的作家桐华是汉中人,歌手庞麦郎是汉中人。也是从这个歌手的新闻里,我第一次知道汉中还有个名字叫加什比科——这当然是个笑话,汉中就是汉中。这些让我觉得,我的家乡果然是人杰地灵、物华天宝之地。这块土地,不仅历史上是刘邦拜将、封王之地,是汉王朝的龙兴之地,汉族、汉人命名之地,是诸葛丞相六出祁山、七擒孟获的运筹帷幄之地,也是卧龙先生埋骨之地。这里走出了张骞,他携汉朝节杖和中华文明一直走入雪域大漠深处,走入亚细亚的腹地,走向欧罗巴。哪怕时间到了今天,到了二十一世纪,汉中这块土地仍在源源不断地孕育和输出优秀的子弟。

我还知道,每年春天有越来越多的人从全国各地赶来汉中看油菜花。我们小时候见惯的、一望无际蔓延到天边的明黄色花海,终于被世界看见。这让我觉得,我的家乡汉中正在被更多的人所了解,而不是像过去那样,被忽视、被误解。

真的,走出汉中之前,从未料到外面的人们对它的误解如此之深。在绝大部分外地人的眼里,陕西就是陕北,汉中是陕西,因此也就是陕北,是黄土高坡的模样。他们以为我们日常是头包白羊肚手巾、身穿羊皮坎肩、腰扎着红腰带的,是阿宝登台的样子,是扭秧歌的样子。他们以为我们这里风沙大,所以常有人惊讶于为什么我的皮肤还不错,还有人以为我会唱《山丹丹开花红艳艳》，诸如此类，我也只得呵呵呵。

被误解得多了，我变得不爱解释，也是因为，秦岭南麓、汉水之滨那片水草丰茂之地——我的家乡汉中，它在我的心里，"不足为外人道"。我难道要一遍遍对不同的人说："汉中是中国南方不是北方，是长江流域不是黄河流域，是小江南不是塞上江南更不是黄土高原，我们不住窑洞，我们山明水秀四季分明气候温润没有风沙，女孩子们都水灵俊秀，一笑倾国的褒姒就生在我们那里，我们吃米饭川菜很少吃馒头不爱吃羊肉更不吃洋芋叉叉、饸饹和胡辣汤……"

说到饮食，这是一个被误解的重灾区。我南京的家人永远无法理解我从网上千里迢迢买来的那些家乡美食，比如我所谓的锅贴原来是一种半油炸的花卷，就像我也对他们把一种狭长的煎饺称作锅贴不以为然一样。再比如我所谓的核桃馍原来是一种油炸的小面饼，身上铺满花生碎，正如我对他们的酥烧饼、鸭油烧饼也大不以为然一样。

二〇一五年，我妹妹在老家办婚礼。婚礼当天，我妹夫和我先生早上在我家醒来，客厅里已经满是前来帮忙的亲戚朋友。大家热情地招呼这两个其实是主人但看起来更像客人的人去厨房拌面皮吃。这一个上海人和一个南京人很听话地进了厨房。然后我家亲戚惊讶地发现他俩准备吃素白的面皮，赶紧提醒他们要放调料水水；然后他俩相帮着笨手笨脚地放了水水准备开吃，亲戚们又提醒他们还要放豆芽、黄瓜丝丝；他俩放了配菜又准备开吃，亲戚们不得不再次提醒他们需要拌匀了再吃。那一刻，两个身高一米八的高级知识分子看起来就像两个愣头愣脑的傻瓜。

他们外地人吃过了汉中的炒菜、小吃，多半会感叹"真香"，但也还是会有一些不能接受的点，比如：为什么会把豆腐煮在粥里呢？浆水菜的味道，是不是太酸了也太奇怪了？不能接受就不能接受吧，他们江浙沪有些地方什么菜都要放糖，甚至面条要放糖、饺子要蘸糖，除了敬谢不敏，我说什么了？成年人要懂得求同存异，不然难道开地图炮？

江南有很多名字很好听、味道也很鲜美的野菜，比如"蒌蒿满地芦芽短"的芦蒿，比如"见秋风起，乃思吴中菰菜、莼羹、鲈鱼脍"的菰菜、莼菜，再比如外形和味道像菊叶却又丝丝络络的菊花络。但是，这些却让我更加怀念汉中的折耳根。江苏有盐腌的咸肉，整个肉块不管肥瘦都是雪白的，在我眼里、嘴里不及汉中烟熏过、火燎过、红艳艳的腊肉多矣。扬州特产咸鸭蛋，是一种蛋黄橘红且会渗出油来的腌制蛋，可我更喜欢小时候奶奶用灶灰、石灰、盐和了水，在每个鸭蛋上厚厚地涂上一层，然后放进瓦坛子里，一层层封起来，在我的眼巴巴中等待四十天才启封的皮蛋。如果当初包皮蛋用了柏树叶烧的灰，皮蛋的蛋清上就会有清晰的柏树叶图案，是为松花蛋。松花蛋，南京也有，但是别的食物比如香肠，没错南京也有，可是里面却是放了糖的……

我常想，一个人幼年的味觉体验大概会变成此人出厂设置的一部分，成为一生的口味偏好，是比乡音更难改得多的存在。这些年我身上很多东西改变了，至今没变、看起来往后余生也很难改变的，是对家乡饮食的偏好。有人对我说："你好像都不会发胖。"这也是一种误解。在她们眼中这是一种幸运，但她们不知道的是，我是因为不能接受加了糖的菜，在异乡放眼望去一无可吃才这样的。保持苗条的代价是被迫放弃几乎全部口腹之欲。有一年出差西安，住的酒店附近有家"汉中米皮"，当然还兼卖菜豆腐，我一天三顿去吃，嘴巴是"幸福"了，当然"肥"也就跟着来了，一周之内长了三四斤。我知道不能欣赏家乡风味之外的美食，应该也算狭隘之一种，可我也不打算改了。唯一的遗憾是，汉中有那么多好东西，外间却不知道。

这些年来，以我一个常年居住于外省的人看来，汉中的变化是大的。上一次回去是二〇一八年国庆，傍晚在滨江新区走了走，汉江秋水初涨、水平如镜，两岸高楼鳞次栉比，滨江公园的精致程度比肩一线城市，公园里乡音盈耳，人人怡然自乐。不知为何想起在西安读书时，有一回老师讲起汉中方志《梁州志》，讲到"家无余资，食必有肉"，全班同学都看着我大笑起来。我想这倒不是出于误解，古代大家都不富裕，但吾乡人却豁达通透、随遇而安。想来如今汉中更富庶了、现代化了，绝大部分家庭有了"余资"，"食必有肉"更是不在话下，可咱们还是汉江畔那个安闲明净的幸福小城。

无巧不巧，我当下生活的江苏和我出生、长大的陕西是国家东西部协作的伙伴。这听上去对于汉中是好消息，可是也有隐忧：汉中的山川灵秀、汉中的草木蔚然、汉中的民风淳朴，这一切是否经得起现代工业快速发展的粗暴蹂躏？毕竟，我们是喝着矿泉水、烧着根雕，有着朱鹮、金丝猴和大熊猫的天汉啊。想来想去，我"天生丽质难自弃""养在深闺人未识"的家乡啊，似乎生来就是为了发展旅游业这种无烟工业的，只有一直美丽着、让人来观赏，才不算暴殄天物，也只有这样的被"看见"，才是令人放心的。

年三十晚上，汉中的民俗是给祖先"送亮"；金陵的民俗却是烧"年包"，用金箔纸折成一个个"元宝"，装满红色的纸袋子，纸袋上粗笔写上祖先的名字，拿去十字路口焚烧。青烟袅袅中，想象去世的亲人们都来领钱了，哪怕是那些千里之外的亲人。一晃，我已经在南京烧了十几年年包。苏轼有词云："万里归来颜愈少。微笑，笑时犹带岭梅香。试问岭南应不好，却道：此心安处是吾乡。"我得说南京是我的"此心安处"，我正在或者已经变成一个新南京人。父母退休后，很快也将离开故土，搬来江南我们的身边生活，汉中就要成为真正意义上的"故乡"。

可是，那又怎样呢？当我填表时，"籍贯"那一栏永远是"汉中"。那明山秀水、那千里油菜花田、那面皮菜豆腐浆水面，永远依稀在我的梦里、我的文字里。更何况，我的家乡正在越来越好，越来越多地被看见。

青春祭

一位初中女同学在朋友圈里发感慨："有时看着自己的孩子，会有一刹那的恍惚：他是谁？我的孩子吗？怎么觉得我自己还是个孩子呢。"这种时候，我的记忆闸门总会被触动，一些以为已经远去了的记忆突然扑面而至。

在那个白衣飘飘的年代，小城的天空湛蓝得吓人，午饭后同学们飞快地从四面八方的家汇集到学校，男生们在走廊里疯打疯闹、朝路过的陌生女生打呼哨，一脸的精力和荷尔蒙过剩；女生三个一群、两个一党散布在校园的小树林、假山后说私房话，觉得身边的好朋友会是一辈子的朋友。随着午自习时间临近，大家悄没声息地自觉回到教室里刷题，反应慢的会在教室门口遭到女班主任老师一阵咆哮。

冬日的早晨，天蒙蒙亮中骑着自行车去上学，头发上、手套上、车头上都是白霜，凛冽的冷空气刀锋一样划过面庞。夏天雨后的黄昏，操场上雾气蒙蒙，有无数小小的黄蝴蝶在草丛中飞舞、萦回不去，我与好友看着这一幕，内心无比讶异、喜悦。体育课的自由活动时间，女孩子们采集路边的婆婆纳，用发丝串成手镯，迎着太阳一照，血脉鲜活的手腕上蓝莹莹、毛茸茸一串，泛着露水般的光泽。女班主任老师经常骂人，偶尔打人，可是我们这辈子再也没有遇上像她一样的老师，把学生当自己孩子似的。某数学老师骂人无比刁钻刻毒，让当事人只恨无地缝可钻，但是家长拎着礼物去他家拜访过后呢，他立刻就对这个同学十分温柔了，当然这温柔是有保质期的，一段时间不重复拜访，他便会故态复萌。多年以后学开车，发现有的驾校教练也有与他同样的行事方式，其实所求不过一包低档烟，或者一本台历。这才了然，有些人原本就不该站在讲台上的。

那时我们懵懂呆萌，浑然不知前方有什么在等着我们每一个人。还以为今天大家乐乐呵呵一起上学、放学、看电影、溜旱冰、骑车春游，日后就能齐步走进新世纪、迈入同样美好的未来。现实却是每个人都有着不一样的人生。最显而易见的比如，后来一些人去到更远的城市，另一些人从未离开小城。那时我们单纯而盲目，不知道许多东西会在光阴中改变。可是怎么可能不变呢？后来，每个人所经历的一切最终形成了今天这个自己，复杂到不足为外人道，少年时最好的朋友见面，只能"却道天凉好个秋"了。

年龄和经历，越来越把每个人都变成一座岛屿，相互之间隔着海。哪还能像少年时候，每个人都是一块鲜嫩的草地，在一起轻易连成一片疯长的草原。那时我们无知而执拗，坚持凝望着不会回顾我们的人，以为单恋是一种孤独的美，不知道那其实只是自虐的矫情。好在，我们终于走过了那个令人尴尬的少年时代。曾经的全世界，不知何时已悄然淡出。有的爱情，错过了就是错过了，我无法怨你没有给我成长的时间；有的友情，断了就是断了，不能继续同行，那就分道扬镳吧。也许人生就是这样，前行的路上不停地断舍离，同时不停地自然生长。小城亲切温暖依然，但终于渐渐成为只存在于记忆中、文字里的"青春"和"故乡"。

算起来，我们中学毕业也只不过十多年，时光的乾坤挪移大法已渐渐显示出它的力量。当年一起玩耍的小伙伴大多已成家而未立业，少年时的自我期许和相互期许并没有实现。没有人大富大贵，没有人成名成功，所幸也没有人沦落街头。但我分明看见，命运就像我们头顶的云彩，一刻不停地变幻着各种匪夷所思的形状。近二十年已经过去，在时间的长河里，一代人的成长、衰老也就是一朵浪花的起落，下一个二十年转瞬就会来到，不知到那时，时光中的我们又会是什么样呢？

好命的老爸

我爸是个好命的人,尤其让我深感这一点是在我妹妹的婚礼上。

妹妹是新时代的新女性,本来要裸婚、坚决不办婚礼的,后来在长辈不达目的不罢休的劝说下妥协了,但她的底线是不要司仪,她说:"姐,你给我主持。"于是我生平唯一一次当了婚礼司仪。当我和妹妹、妹夫站在小城婚礼的红毯上,我作为司仪和家庭成员向来宾讲述这对新人在燕园的相识、相知经过时,现场起了一阵骚动,我清晰地听见,离舞台最近的人都在说着类似的话:"老邹命真好啊,有这样两个女儿。""这样两个女儿是怎么教育出来的呀?""老邹这辈子值了。"我下意识在现场找了找我老爸,他坐在主桌主位上满眼含笑注视着我们三个,笑容那叫一个满足。轮到他致辞时,他重复说了好几次:"我也觉得我很幸福。"

在小城亲友眼中,读了名校博士便是"出息"了,当然我们自己心里清楚,还差着十万光年远呢。即便这样,我们仍然觉得我爸命好,这是因为相对于这世上大多数父母的殚精竭虑,父亲对我们的教育投入几乎称得上是劳少而获多。我们姐妹都是祖父母带大的,我是爷爷奶奶带大,妹妹是姥姥姥爷带大,都是学龄前后才来到父母身边的。那个年代不存在校外辅导班,父亲也从不辅导我们,我们做功课的时候,他在旁边看闲书。做完家庭作业,我们自觉检查一遍,确保无误后拿去给他签字,他拿过来用红笔写上一个行草的"阅"字,再划上日期,仅此而已。印象中他说得最多的话是:"学习是自己的事。"然后到了期中、期末考试,考好了不予置评、更不要说奖励,考得不好、名次退步了却是要打要罚跪的。妹妹一次也没被罚过,我给罚过几次,对于一个孩子来说,那种尖锐的痛苦,至今仍觉不堪回首。

在我爸他老人家的无为而治下,妹妹一路考着第一,直到考上北大、读了核物理学博士,顺便还考了CFA,毕业后转入热门行业。和妹妹比起来,我的学业可就逊多了,唯一令我在她面前保持长姐尊严的,可能是我的一点所谓的文学特长。就是在这点特长上,有一天我看到了我老爸的影子。那是一个普通的周末,我妹妹在我们家庭群里发了一段视频,内容是老爸在写字,用毛笔。妹妹很恋家,已经有了自己小家的人,只要有三天的假期,必定携先生飞行近两千公里回到小城跟父母一起过。视频中,已有了几颗淡淡老人斑的手握着笔,笔走龙蛇,随意挥洒间,笔力遒劲、布局严整,是一阕辛弃疾的《永遇乐·京口北固亭怀古》,"廉颇老矣,尚能饭否",哈哈。

我的眼角忽然有点湿润,许多尘封了的记忆扑面而来:这只手，曾在纸上用钢笔工楷写下一首首古诗词，教我们认字，后来是让我们照着练字。我对诗词继而对文学的热爱，就是那时候播下的种子。后来，父亲变"俗"了，爱上了搓麻将，那是因为他的眼花了，看字会重影，但骨子里，他始终是一个酷爱读书、一肚子诗词文章、一手琴棋书画的人。他是一个被行政工作和搓麻将耽误了的文艺青年，他对文艺的敏感、热忱，也许到我这里发了一点点芽。那一刻，我突然明白了一件一直以来被我忽视的事：也许因为他是那样的他，所以我才是这样的我。

而妹妹可能从另外一个方面受了父亲的影响。我们小时候，爸爸太爱看书了，家里的藏书多，爸爸还在源源不绝地从外面借书、租书。几乎所有的闲暇时间，爸爸都坐在椅子上静静看书，虽然看的都是些"闲书"。在妹妹心中，读书是一件很美好、很重要的事，不然为什么爸爸每时每刻都在读呢。然后，妹妹就长成了一个超级爱读书、超级爱学习的小孩。

几年前在云南木府，雪山前耀眼的阳光下，抬头看见匾额上"天雨流芳"四个鎏金大字，导游解释说，那是纳西语的"读书去吧"，我一下子又想起爸爸和我们。

无论如何，爸爸仍然是命好的，虽然不是我原先理解的那样，而是一种求仁得仁的幸运。不管是出于智慧还是仅仅是巧合，爸爸就像《种树郭橐驼传》里那个善于种树的驼子，在最合适的时候给小树苗舒展了树根、培实了土，然后就拍拍手走开去，任两棵小树沐浴天风海雨，长成自由、强壮的样子。

爸爸用的是巧劲。

只向花低头
——写在庞洁《孤意与深情——〈诗经〉初见》出版之际

庞洁是那种十年见一面、一面抵十年的朋友。她是我的硕士同学，当年即使在大学文学院这样的地方，她也有才女之名。她整个人给人的感觉很安静、很低调，可是谁都能看出那安静低调底下的矜持和自负。就像溪流再温柔宁静，你也知道水下白皑皑的都是石头。而年少时我也是内心骄傲的，两个骄傲的人很难走近，因为没有人愿意迈出那第一步。毕业后我离开，她留在了西安。多年以后偶然加上了微信，也仍是老同学间淡如水的交往。只是偶尔微信聊天，一聊便停不下来，原来彼此是那样的气味相投。之所以有文章开头那句话也是因为，我们真的毕业十年间只见了一面，会面虽少聊天却盛大丰盈，不影响彼此是十多年的老友。

看庞洁的朋友圈，发现现在的她更美了，很多时候还颇有些屈原或者张爱玲之风——衣不惊人死不休。读书时她的衣品就很好，纤秾合度，浓淡合宜，只是还不像现在这样，风格鲜明得令人无法忽视。她是我所见过几乎唯一一个把民族风穿得人衣合一的人。那些大红大绿大蓝大黄大朵花大幅刺绣，别人穿上身只好去跳广场舞，她穿上却是如此熨帖，丝丝入扣。印象最深的是她穿一件翠绿底红色大花的袍子，颜色花式可参见让某女星在戛纳红毯上一战成名的"东北大棉袄"，这样一件衣服，剪裁甚至算不上精致合身，竟生生被她穿出了民国改良旗袍范儿。配上她的标志性俏短发、黑框眼镜、圆头半跟黑皮鞋，扑面而来都是书卷气，都是复古味道。

那些本来很"人间富贵花"的衣服穿在她身上，与她本人清冷、疏离的气质底色发生化学反应，形成一种奇妙的效果：最浓烈又最恬淡，热闹到极致而似有禅意。当她出现在你面前，你会想起"时间花在哪里，是可以看得到的"。气质好、衣品好又上镜的人很多，但真正称得上"腹有诗书气自华"的，其实凤毛麟角。庞洁无疑就是这样的人，她有才华、学养的底气在。她是蝉联数届的陕西省百优人才，右手写诗，左手写散文。她做编辑，获得过百花文学奖编辑奖——以前是名刊编辑，现在早已是名编辑了。她写作，诗集《从某一个词语开始》获得第五届柳青文学奖，这是陕西省的"茅奖"。她这样的年纪，值得浮一大白了，然而她仍是淡淡地："感谢还算努力的自己。"然而她身上最令我动容的还不是这个，而是她面对生活时从容不迫、不忧不惧的态度。

她是那种很早就知道自己是谁、适合什么的人，并且矢志不移、任尔东南西北风。比如她很早就知道，自己"放荡不羁爱自由",不管文科生们怎样蜂拥考公务员,她始终"隔岸观火",于是她就一直做着一份不用坐班的工作。她很早就知道,自己过不了逢迎拍马、仰人鼻息的生活,便索性任性到底,于是环境迁就她。文学编辑的工作是冷清而寂寞的,她便把这份工作赋予的闲暇都花在读书、写作上,在都市里做"人间澹荡身",结果反而在写作和编辑上都颇有斩获。关于未来,她坦然面对,随遇而安。她不评职称,因为"不愿考那些不想考的试"。她说:"我已经三十多岁了,那些二十多岁没有低过的头,现在就更不愿低了。"

为人处世,她亦是类似的态度。在一次文学活动中,她在电梯里遇见某大咖,一般来说文学咖位大到一定程度人便趋于简单、天真,他对着她脱口而出:"衣服真美!"庞洁淡淡地笑,礼貌地说"谢谢",并不自我介绍继而趁机约稿,更不趁着大咖的好感而请求"加个微信"。是的,你差不多永远看不到她主动结交、迎合什么人,更不用说为了利益去争抢。亦舒说"做人最要紧是姿态好看",窃以为,庞洁的姿态始终是好看的,同样好看的还有庞洁的朋友圈。自不待言她写得好,她与圈内名人的互动也好看,那些看似随性的调笑风生中,你能看到她的慧黠、轻灵,更能看到她不取悦、不媚俗的昂藏态度。

庞洁是北地佳人,可她的气定神闲、细声慢语分明是属于南国闺秀的。然而有共同的朋友告诉我,庞洁其实相当伶牙俐齿,是圈中有名的段子手、开心果,臧否人物、嬉笑怒骂,颇有林下之风,完了被损、被敲打的人还只能乖乖给她敬酒。很可惜相隔千里,她指点江山、舌战群儒的场面我没能亲见,但可以想象,那种时候的她,一定是神采飞扬的,是活色生香的。她蔚然而深秀的外表下,却藏着这样趣致横生、古灵精怪的灵魂。正如李易安有疏朗、旷达的一面,林妹妹有明媚、超逸的一面。

像她这样任性地生活,是一定要损失点什么的,然而她从不为此纠结、患得患失。一方面可能也是因为,在她擅长的领域里,她已经比较"富足",能够损失得起。生活何曾特别优待过谁,我们会遇到的种种卑琐、虚伪、龌龊,她也一样不少地遇到,只是她能一笑置之,不让那些过久地污染她的生活。她用文学、用诗歌给自己垂下一道帘子,把尘埃都隔在门外,只留一室芬芳。"每一个不曾起舞的日子,都是对生命的辜负。"她用她的每一天真实地践行着尼采的这句话。读书,写作,旅行。穿美丽的衣服,编美好的文章,会有趣的朋友。不喜欢的事不做,不喜欢的人不敷衍。专注发展好自己的天赋,只把时间浪费在美好的事物上。此生只向花低头。行到水穷处,坐看云起时。

在她身上,我清楚地看见,任生活再怎么严峻,人在它面前也不是完全没有选择的。换句话说,一个人可以不委屈自己同时生活得很好。前提是,首先你要足够早慧,很早就认清自己、选定方向;其次你要足够优秀,有把自己喜欢的事做漂亮的能力;再次你要足够坚定,能承担选择的后果,不受流俗影响。很巧,这几种素质庞洁都具备了。

看庞洁朋友圈里的照片,每一张都有着云淡风轻、波澜不惊的神色。她是低调的、淡然的,但是,在她喜欢的事情,比如写作与服饰上,她又高调得可以。我将这理解为:她摒弃一切的多余,只为全力追求文学和生活的美。庞洁真是那种将自己的天性、初心守护得很完整的人。这是一种幸运,更是一种智慧、一种勇敢。只有这样的人,才会有这样的姿态和风度,才会穿条被面也好看,才会隔着五十米也一望可知是知识分子。岁月如流,庞洁依然在那里,自由着,美丽着,一任风雨阴晴。

一直想要为庞洁写点什么的,却一直拖着。拖过了她获第五届柳青文学奖,拖过了她上鲁迅文学院,直到她的新书《孤意与深情——〈诗经〉初见》出版,这才完稿了——一篇三千字不到的文章。由此可知,她的硕果累累和我的一事无成,是各有前因的。作为她的朋友,我一边深深愧悔,一边不要脸地想:至少我眼光一流啊,我一直觉得她不俗的。

谢不请之恩

我知道世上有种生物叫"party animal",女的干脆就叫"party queen"。同时这世上也有另一些人,和我一样憎恶所有的饭局,这里说的饭局不包括三五知己相聚、一壶清茶聊一个下午那种,那种叫"偷得浮生半日闲",是烦恼人生中的奖赏。是的,我特指某种无谓的应酬饭局。

接待客户,或者公司年会饭局,那是正常工作的一部分,再苦再累咱也没话说,毕竟在职场混了这么多年,基本职业素养还是过硬的。最怕莫名其妙的饭局,比如一个大项目结束,或者仅仅因为老板最近心情不错,突然就要请骨干员工吃饭,美其名曰"最近大家工作辛苦,聊备薄酒,以表谢意"。拜托,感谢我你应该升我职,不然的话加我薪,至不济还可以发奖金啊,干吗请我吃饭,难道我家里缺饭吃?觉得我辛苦了,你至少可以做到不要人为进一步加重我负担,不必说八小时之外陪老板吃饭本身就是一种加班,且看看我为了领受您的美意,要额外付出多少成本：

饭局通常订在公司附近，或离老板家近的饭店。这就意味着大礼拜天的，我要像工作日一样，穿过小半个城，开车或坐地铁一小时去上班，哦不，赴宴。平时上班都淡妆呢，赴老板的宴请总不能素颜吧，不然显得多奇怪多唐突啊；平时上班都职业装、高跟鞋呢，赴老板宴请不能打扮得还不如平常精致、讲究吧，而这些都需要花时间哪。化妆、弄头发加搭配衣服、鞋子、包包，如果老板六点请我，我最迟四点就要开始准备，五点就要出门呀。然后晚宴结束，我还得花一个小时回家吧，还得换回家居服、卸妆、重新护肤吧，这套程序总也要小半个小时吧。也就是说我为了正常地出现在老板的筵席上，幕后至少还得多花费三个半小时。

然后，江湖中人都知道，一场饭局通常不是从吃饭开始，而是从等人（多半是等老板）时的聊天、打牌开始，这段时间大概是半小时到一个半小时不等。打牌咱没兴趣，看别人打牌吧，"观牌不语"也挺没劲的。剩下的就是聊天了。所谓同事不过是为稻粱谋才聚在一起的一群人，他们中的大多数人永远不会变成朋友，大家每天相处的时间已然比与爱人相处的时间都长了，好不容易熬到节假日却还要凑一块儿尬聊，想想都可悲。

口水话说过四五遍，聊天实在聊不下去了，每个人也都饿得前胸贴后背了，好容易正主儿登场，饭局这才正式鸣锣开场。先共同举杯，聆听老板的祝酒词；然后等老板们互相敬完，大家就轮番敬老板、副老板，只敬一次还不够，还要敬第二次；然后每个人敬每个人；然后接受老板、副老板回敬；然后大家各开脑洞，副老板带着大伙儿一起敬老板，同一个部门的一起敬老板、副老板，此部门的与彼部门的互敬……以上敬酒大部分要有词、有理由，不能只会说"谢谢，谢谢"。到了这个时候，已经说不得累、无聊、浪费时间了，只能打点起十二分精神，迅速跟上节奏，作满面春风、乐不思蜀状。好在大家都是老戏骨了，这点剧情完全不在话下。只盼一切顺利，千万不要有人酒后话痨，无端拉长台本；更不要有人豪兴干云、提出饭后去K歌……每次在饭局末尾听到这个提议，我都要动用意志力才能抑制住想跳起来打人的冲动——K歌，那将是一部从头开始的漫长灾难片。

整个饭局中，无数山珍海味流水一样上来了，即使不去想世界上还有六分之一的人口吃不饱，习惯晚餐吃少且又处在工作状态的我们也吃不下。但饭局上永远有一类人，会热心地帮你把所有你不喜欢吃的食物堆在你面前，还关切地说："吃啊，别减肥，你又不胖。"于是，努力控制热量的女生，在这个晚上习惯性或被动地吃了许多味如嚼蜡的食物，白白摄入大量多余的油脂和糖分。至于喝下去的白酒就更别提了，那么辣，关键那东西全是热量啊。总之接下去一星期，天天晚上饿肚子都不一定能减得回来。

觥筹交错地吃一顿，怎么也要两个小时吧，加上等人、打牌的一个半小时，算下来我为了赴老板一顿请，前后一共要花七个小时，如果不幸还有饭后活动，那么这个时间可能就是十个小时。

而这七个或十个小时，我原本可以在家里穿着睡衣、趿着拖鞋、头发蓬乱地读半本书、码两千字，或者哪怕窝在沙发里追剧、吃零食、刷手机也好啊。我的家阳光通透、绿植婆娑，家人笑容温暖，而我白天能在家悠游自在的时间，每周统共不过十多二十个小时。老板出一顿饭钱，我就要拿出我寸金难买的闲暇时光的一半来陪他玩，还要飙演技，对老板的礼贤下士做出种种感激涕零、如沐春阳的反应。

我老家有句谚语："十里之外赶一嘴，不如在家喝凉水。"然也。代价太大的一顿饭，即便是黄金宴，人也不高兴去。有趣的是，我发现我的老板也有这样身不由己的时候——他其实也未必乐意赴他老板的无聊宴请。这非但没让我心理平衡，反而让我更加沮丧，因为这意味着即使我卖力演出，到了他的位置，也仍然摆脱不了被更大的老板宴请的悲剧，难道这竟是全人类的悲剧？"人是生而自由的，但却无往不在枷锁之中。"

杨绛写过这样一个故事：她有个女同学，曾请杨绛的名律师父亲为她打官司争遗产。官司赢了，女同学获得了一千多亩良田，却不记得付律师费。二十年后的抗战期间，杨绛父亲老病穷困，这女子却又出现请教法律问题，杨家父女以为她终于想起律师费的事了，没想到她只是把杨绛请到家里，请杨绛吃一碗五个汤团以示感谢。杨绛不爱吃，女子死活逼她吃，无奈勉强吃了两个，恶心了许多年，多年后还在书中愤怒地声讨："她就以那两个汤团回报我的父亲！"

我自知对公司的贡献绝没有一千多亩良田那么多，因此也绝无奢望老板的感谢，可老板却以宴请谢我，这对我来说无异于被硬逼着吃一碗又腻又肥的汤团——我噎得翻白眼、强烈反胃之余，还必须保持微笑、谢主隆恩不是吗？

据说现在流行"谢不娶之恩"——对渣男前任,而我只希望遇见一个不爱请员工聚餐的老板,让我有机会在心里对他"谢不请之恩"。

像男作者一样地写作

《白昼幻影》是我的实验之作。在此之前，我的绝大多数小说都是女性视角，叙述语言也相对比较婉约，就是那种一看就是出自女作者之手的小说。有时候我会问自己，我可不可以像男人那样地思考问题、像男作者那样地写作。需要说明的是，我绝对不"厌女"，我绝不认为"女性写作"是一个贬义词。我只是，想要多一个视角看这个世界，想尽可能地尝试写作的各种可能性。

之前，从我母校来了两个实习生，被安排在我的部门。两个研究生男孩，一个出生于大城市，家境优越、非常健谈，会主动去其他部门串门聊天，会给我提要求，比如想要旁听某场会议，或者查阅某类档案之类，被拒绝了也完全不以为意，下次照样提。另外一个恰恰相反，出生于山区，家里兄弟姐妹众多，为人非常羞涩内敛，干活儿任劳任怨，从不提要求。与他聊天，他诚挚地表达感恩之情，理由却又有些可笑，比如我单位工作餐品类非常丰盛,又比如两千元的实习工资是他老家县城的好几倍之类。问他对未来职业的设想,想法也是卑微得可怜。让我忍不住想,这样的孩子,如果遇到坏人,是很容易被欺负的。

前几年时不时看见研究生被恶导师压榨到自杀的新闻,每每感慨:一个人都有勇气去死了,为什么竟没有勇气反抗,反抗的最差结果也不过是死,还很可能拉上坏人陪葬啊。看了这两个孩子,我突然有些懂了,我的想法是精神强健的正常人的想法,而过分的善良、自卑会让一个人陷入习得性无助,无法自人性恶的泥淖中逃离。近年来,我越来越认同:一个人是否自卑、精神是否强大,很大程度上取决于他(她)的原生家庭。如果家境富裕,父母给了孩子足够的物质、精神给养,孩子就自信,未来面对困境就有腾挪的勇气,面对想要的东西也敢于争取;相反的情况,孩子面对困境就会瑟缩、会习得性无助,面对渴望的东西会觉得"我不配",然后,就真的不配了。

其实本人作为一个文科生,接触到的导师们大都是品格端方的博学鸿儒,尤其是我的硕导、博导,一路对学生呵护备至、捧着哄着,生怕学业太差毕不了业,又怕催逼太急精神抑郁,尽一切努力为学生毕业、求职创造条件,拳拳父母之心,我看了都替他们累得慌。可为了写小说,我只能凭空想象一个奇葩恶导师。至于理工科的专业知识,先生是结构工程专业,我耳濡目染,大致知道他们是怎么做实验、写论文的,又特意请教了些专业名词,好,够了。鲁迅说:"所写的事迹,大抵有一点见过或听到过的缘由,但绝不全用这事实,只是采取一端,加以改造,或生发开去,到足以几乎完全发表我的意思为止。人物的模特儿也一样,没有专用过一个人,往往嘴在浙江,脸在北京,衣服在山西,是一个拼凑起来的角色。"时间过去,结撰一篇小说的基本原理却没有变。这样,就有了《白昼幻影》。

我说了,我是故意抛弃了我习惯的女性视角,努力住进男生储楠的身体里,用他的眼睛看周围的人和事,用他的嘴完成叙事。储楠在我的想象中是一个善良但不失锋芒,遇事不悲观,愿意想办法、使手段的大城市出身的工科研究生。当然,他有一点玩世不恭,这会让小说有趣、好看。

我完成了我的实验,至于结果怎样,反正总有人喜欢、有人不喜欢。我有篇非常女性气质、自己挺喜欢的小说《牧马河之夏》,同在南京的作家曹寇说他很不喜欢,这篇《白昼幻影》他倒是说不错、有意思。同时,喜欢我的《牧马河之夏》这类小说的人,有好几个说不太喜欢《白昼幻影》,觉得不习惯。无论如何,我证明了自己还可以以另一种完全不同的视角和语气、语调完成一篇小说。

唯一的遗憾是,这篇小说写了一个非常恶劣的导师,这对我的博导、硕导,以及所有教过我的文学院的导师们都是不公平的。因为人们总会臆测作者写的是发生在自己身上的故事。而哪怕只要对我的博导、硕导有一丝丝的了解,都不会觉得他们与老黄有任何相似之处。但事已至此,也只能在心里默默跟我的导师说声"对不起"了。

她们的力量
——小说集《牧马河之夏》创作谈

作家曹寇在他的《〈鸭镇往事〉创作谈：缘起和鸣谢》中写道："她（指我本人）发了两篇小说叫我看看。其中一个短篇《牧马河之夏》刊发于《鸭绿江》2021 年第 9 期。小说描述了一个乡村女教师因为不成功的爱情自我奋斗的故事。老实说，我对她的这篇小说不是很满意。首先，我不信任奋斗……我决定以她的故事作为'母本'，自己另写一篇，就是大家所看到的这个。"

可见，他的《鸭镇往事》是对我的《牧马河之夏》的重写，两篇小说是有着不同结尾的同一个故事。《牧马河之夏》的故事是：因为偶然的机缘，一个年轻的大学老师来到深山里，与这里的小学女教师发生了一段恋情，然后大学老师回城，宣告恋情也一同结束。女老师经历剧痛，悟出"她不能指望一个理想的爱人，她只能自己成为理想的人"，她因此真的在多年后成了自己理想中的人。你可能已经看出来了——这是一个女性蜕变和成长的故事。而曹寇的《鸭镇往事》，故事的前半段基本一样，分歧从大学老师提出分手后开始：深陷爱河的女老师难以接受现实，失去了希望、快乐、尊严、理智，最后失去了生命——一个女性因恋爱失败而毁灭的故事。

这真是太典型了，简直寓言一般：关于遭遇爱情失败这一女性生命中的不幸，女性本人会作何反应、如何应对？女作者和男作者的理解竟是如此泾渭分明。曹寇是我的朋友，但这里抛开广义的小说观不谈，仅就女性观、爱情观而言，我和他几乎是水火不容的。无论如何，现代女性因恋爱失败便致使整个人生坍塌，即使生活中仍然有这样的事，也不在我的审美范畴里，这样的故事结局也绝对不会出现在我的小说里。我作品中的女主角们，大都有一股韧性的、向上的力量。面对命运的重压，她们不会妥协，哪怕暂时看不到希望，也不会失去信念。

小说集《牧马河之夏》以女性人物为主要表现对象，收入当代题材和古典题材两类共十一篇小说。关于第一类，曾听江苏凤凰文艺出版社副总编李黎在饭桌上表达过一个观点：结集出版的作品要有长篇意识，即最好是同一类题材，或者围绕着同一个主题，如果仅仅是作者一段时间发表的作品的一个粗暴汇编，内容、主题东一榔头西一棒，这不符合当下的出版规律，这样的作品也没有市场前景。这对当时的我来说是全新的观点，又是来自出版界业内人士，就不知不觉听进去了。那时我已经在《延河》杂志发表了《原点》，接下来就有意识地写了一组题材、人物设定相近的小说，可以简单归类为"中师生"系列。"中师生"是二十世纪八十年代到二十一世纪初的一个社会现象，本来是初中生中最优秀的一批人，因为家庭贫困等种种原因放弃了继续升学的机会，选择读中师，去农村教小学。这批人为中国的基础教育做出了巨大的贡献，但对个体自身来说其实是牺牲了上升机会的，是值得尊敬的。"中师生"、糟糕的原生家庭这样的人物设定，是想刻画有才华、内心敏感丰富，同时受到来自社会和家庭双重碾压的知识女性形象，书写她们的痛苦和挣扎。

另一类，即古典题材的则只有《雕栏玉砌应犹在》《犹恐相逢是梦中》两篇。我自二〇〇八年定居南京后，读书访古，抚摩这座城市的历史文脉，脑子里开始盘旋着一组我称之为"秦淮风月"系列的小说。将这系列中的两篇收进这个集子里，是想试探一下读者和市场对这类小说的反应。叶兆言是有着中国传统文人气韵的作家，他给我这部小说集的推荐语中谈到唐诗宋词，谈到《红楼梦》，我猜主要与这两篇作品有关。无论如何，当我漫步在南京那些有着根基深厚的老地名的街巷里的时候，涌进我脑海的除了历史沧桑、朝代更迭，的确还有《红楼梦》《儒林外史》《世说新语》《文选》及唐诗宋词。

许子东教授在《牧马河之夏》推荐语中说："可见邹世奇透出的张爱玲的面影"，我觉得这多半体现在同张爱玲一样，在我的写作中，无意给任何感情蒙上温情的面纱："没有一样感情不是千疮百孔的。"但不同于张爱玲的苍凉和虚无，我对这个世界是怀着爱与希望的。暖色主要体现在作品中的年轻女性身上。在《看见彩虹》《牧马河之夏》《原点》这些篇目中，可以看见这时代女性的纯真、热烈、勇敢，她们承担起自己的使命，无论是对爱情还是对生活，都义无反顾，哪怕是知其不可为而为之。

我写女性，特别是知识女性与周遭环境的紧张、严峻关系：她们或是被原生家庭所压迫、伤害，艰难前行；或是在糟糕的恋爱、婚姻关系中努力支撑、自我成长；或是于生存压力下与一份不适合不喜欢的工作进行旷日持久的艰苦磨合……我总是直面这些女性生命中最真实、最难以逾越的困境。哪怕是面对历史题材，我也努力在宏大叙事的罅隙里看到"人"，力图重现历史人物曲折幽微的心路历程。福楼拜说："我就是包法利夫人。"很多时候，我有些羞赧地想，我也是这样与笔下的人物感同身受、同呼吸共命运，她就是她们，她们就是我们。我从她们身上看见女性作为一个群体的沉重命运。面对她们的痛苦，我不能放弃、无法逃避。对此，我的博士生导师吴俊教授不无偏爱地说："这样的写作在当下是独特且有价值的。"

二〇二二年岁末，《牧马河之夏》作品研讨会上，作家范小青说："邹世奇笔下的当代知识女性形象栩栩如生，读来似乎在和一个个熟悉的友人交谈，会从飘渺超然之中，感受到真，感受到痛，感受到重，感受到外部世界和内部世界的猛烈碰撞甚至是灵魂的生死抗争，体会着人类尤其是女性的精神的迷茫和寻求出路的欲望。"即使考虑到范小青老师对一个晚辈作者鼓励和爱护的因素，这评语仍然让我备感安慰和自豪——我努力在作品中书写的女性被看见了。